Gian Pietro Lucini

Filosofi ultimi

ISBN : 9791041843886

I. — PREGIUDIZIALE.

In Italia, dopo Carlo Cattaneo, Giovanni Bovio, Giulio Lazzarini; in Francia, durante lo studio, che tuttora continua, di Le Dantec, di Jules de Gaultier, di Remy de Gourmont; in America, dopo Emerson; in Inghilterra dopo Carlyle; in Germania, dopo Nietzsche e Stirner; la filosofia, come amore alla verità, studio e ricerca di quei mezzi intellettuali per cui se ne avvicina il possesso, decade rapidamente.

Sembra che una stanchezza del cervello — internazionalmente — impedisca il lavoro della induzione, della logica e la fatica diuturna e preziosa della osservazione diretta e sperimentale. Torna di moda l'azzardo speculativo, il quale spesso non è che una nuova trovata retorica. È molto più facile scoprire una nuova parola strana e risuonante, che un nuovo concetto piano e chiaro: e però si rizzano nuovi altari alla metafisica, le cui ipotesi trascendenti si dichiarano *inutili* dalla razionalità.

Qual meraviglia, dunque, se, diffidando della ragione, si spensero tutte le fiaccole che illuminavano il cammino tra le oscurità delle ricerche? Alla logica, sostituirono il caso, la prescienza, l'intuizione, la grazia, la profezia; al filosofo, il ciarlatano, quando in mala fede; se ignorante, il poeta, quando l'orgasmo lo fa pitoneggiare. La scienza filosofica ne scapitò, perchè non può oggi accampare nessuna certezza e i suoi postulati debbono essere riveduti e corretti nel laboratorio del biologo e del chimico, dell'esperto analizzatore per aver conio di moneta culturale ed intellettuale. Il cervello esausto moderno si riempì ancora di vecchie e nuove superstizioni, col pretesto di liberarsi dai feticci della scienza sperimentale, un altro indice, questo, e della sua malattia e della sua gracilità e del suo bisogno di cercar riposo. — Riposi.

Il riposo cerebrale significa, nell'organismo umano, la ripresa dell'egemonia muscolare; nella sua vita psichica, il trionfo del sentimento sulla logica. In ogni modo, l'impero generale dell'istinto e delle passioni, — che hanno bisogno, per sostenersi ed apparire alli occhi del filosofo come *motivi di conoscenza*, della *Fede*; così la Filosofia, che si era staccata dalla teologia patristica, di cui era ancella, prima, col neo-platonismo, indi, colle determinazioni di Bacone, colla critica di Descartes e la sintesi di Locke, ritrovando la sua autonomia generosamente vitale con Kant e la sua amplificazione libertaria con Carlo Cattaneo, — si ricongiunge, oggi, alla religione positiva, che avvalora co' suoi comma ambigui, in cui anche il pensiero moderno, per le ambagi del parere e non essere, *sta contento*, acquietando, mentre col muscolo si distende, all'ipnotismo delli incensi, dei ceri e delle preghiere liturgiche, la sua necessaria curiosità.

La creatura dell'Uomo — *Dio*, dico — pare, alli occhi contemporanei, di nuovo il *Creator loro* e l'inversione è tristissima e morbosa: con quella fantasima crudele e medioevale creduta viva, in cima alle Nazioni, queste si credono in diritto di imitarne i suoi delitti mitologici e biblici. E, — mentre la legislazione positiva, sia civile che penale, sotto la pressura delle determinazioni socialiste, alleate alle limitazioni clericali, conchiudono, nell'interno delle Patrie, ogni giorno di più, la libertà dell'individuo, col pretesto di salvaguardargli meglio il rifornimento della pancia e la tranquillità della digestione — chi ben digerisce non pecca — quindi di avvicinargli armoniosamente il regno dei cieli —; internazionalmente, li Stati si comportano come organismi in piena ira e ferocia armati, avidi, nell'anarchia che suscitansi attorno, di predominio, di primato, di universale dominazione. Essi hanno usurpato i diritti dei cittadini rendendoli schiavi, per avviarli alle loro avventure di guerra, sotto l'egida e la protezione dei loro Iddii di Stato. La confusione è massima, il risultato è: «*Carneficina, Miseria, Rivoluzione*». Cooperano a produrre ed a mantenere questo stato di fatto illogico, per quanto reale, le opere, in apparenza pacifiche, di questi filosofi ultimi; i quali, invece di opporsi alle animalità collettive ed impedir l'estuare degli appetiti, li coonestano: «Dio — gridano — vi ha fatto così: il giorno, che, pel bene dei secoli e per la vostra volontà, avete anche potuto intravedere la possibilità di una *pace tra voi ed i vostri simili*, non irruppe l'anatema delle Chiese, che rappresentano li Iddii statali e diversi, a maledirvi? Codesto giorno fu il successivo alla trionfata rivoluzione francese: per abolirla, misero eserciti stranieri contro Parigi, che ha dovuto purgarsi violentemente dei nemici interni colle giornate di settembre, per vincere li imperi coalizzati alle frontiere. E noi esultammo, perchè la strage aveva dato il pretesto al martirio, ed alla vendetta di nuovo».

Di egual tono sono oggi i ragionamenti tendenziosi che, sotto forma di sofismi libertarii, ai quali attingono pur i nazionalisti, da una parte, ed i sindacalisti rivoluzionarii, dall'altra, spargono dai loro scritti li ultimi filosofi, che non hanno rispettato i termini, quindi ricaddero del cieco bujo delli intestini. Conoscere questi, in breve nota, spremendone il succo determinante, mentre si gavazzano in pompa e moda dai loro libri e dalle loro conferenze, è apportare un certamente utile e sostanzioso contributo alla Storia della «Filosofia moderna»; contributo che suona *l'altra campana* e fa vedere *l'altra metà.*

II. — NOMENCLATURA RAGIONATA
DI PERSONALITÀ «QUASI FILOSOFANTI».

Benedetto Croce

Assunse, colla vita ed il sangue materno, l'abito alla metafisica: il desiderio di crescere ambiziosamente in qualche cosa di più lo fece accostare al pericolo tedesco di Hegel. Ed ecco che ci appare come un napoletano ubriaco di quelli spiriti: donde una nojosa ed antipatica *indigestione*, in sul principio; poi, un permanente *deposito al cervello.*

Lo udimmo dire, come un Germano esaltato: «Vado verso il pensatore della profonda astrazione». Sì; correva verso chi aveva anche lambiccato il buon senso. Gli si accostò e lo accettò in sintesi: lo fece, in quanto le deduzioni hegeliane non sono atte se non a lusingarlo, persuadendolo della sua personale vanità. Sapendo, il Croce, che il *successo è l'essere in istato*, può anche esclamare: «Io ho raggiunto la crisi di una sintesi illustre; e mi chiamo l'Orgoglio della Gioventù; il quale si appaga solamente nell'udire e nel far ripetere che l'Iddio vecchio dei nonni non è più relegato in Paradiso, ma che è lo Medesimo sulla Terra». Al contatto della coscienza crociana ogni cosa si divinizza.

Gli fu carissimo il presupporsi, contro il razionalismo di Giosuè Carducci, maestro alli Italianucoli di idealismo hegeliano.

Che strinse? Che stringe? Ha ridotto in bagolamento napoletano le opinioni di Bertrando Spaventa e le distinzioni estetiche del De Santis. Perchè un autore a lui *non piace* — il non piacere a Benedetto Croce implica un rimprovero ch'egli sente scaturito dalle pagine antipatiche ed antiestetiche — costui è un *autore riprovevole*. Perchè vanta il suo proprio buon gusto, ed io non me ne sono mai accorto, preferendo, alla gradevolissima fatica di seguire la musica del *Tristano ed Isotta*, l'uggia divertita di sbadigliare sulle *Canzoni di Piedigrotta.*

Sì ch'egli ha creduto opportuno far conoscere alli Artisti che l'*Estetica* è una Scienza, che in questa si trovano i suoi bravi problemi di facilissima soluzione, e che il buon gusto si può insegnare ed imparare a richiesta.

Sarà benissimo: io, per me, continuo a dire: «*Estetica scienza universale della rappresentazione?* — Non lasciatevi prendere, Artisti, dalla facilità elegante. Problemi di estetica? E dove sono? Ma le cose belle, donde si desume una serie fluttuante di leggi, che informano l'Estetica di un'epoca; queste cose belle sono già un fatto compiuto, hanno già risolto: a che *Problema* se son *Opera?*»

Ancora: «Scienza dell'Estetica? che? insegnare il bello? E che è, e come?». Dunque impariamo a far bello come ci siamo eruditi a far conti: tutti sapremo far bello, se è Scienza. Ed in fatti moltissimi fan brutto, perchè non sono dotati di ciò che non può fabbricare in loro l'Estetica, non avendolo redato dalla nascita.

Così, senz'altro, *Scienza dell'Estetica* non esiste; e Metodo devesi dire; il quale eccita, commuove e dirige quella naturale inclinazione ed abito di natura, concessi a pochissimi, perchè sappiano rendere, colla minor perdita possibile, tangibilmente chiaro alli altri, la bella commozione, il profondo pensiero di cui sono turgidi. Fare il *professore di Estetica* è come pretendere d'essere un professore d'Energia; cioè chiacchierare inutilmente, cercando di riempire un vuoto psichico che rimarrà sempre vuoto.

Oh sì; mi risuona dentro, in rima e battuta, la proposizione dossiana del «*Campionario*»: «Nelle istituzioni di Estetica — scienza solitamente insegnata da quanti non la potrebbero apprendere — si sono perfino ficcati precetti come i seguenti: *ne quid nimis, abbiate il nuovo in sospetto, guardatevi dalla ricerca, aurea mediocritas, distribuite i vostri punti di luce*, ecc.». Il peggio è, che, la più parte degli scrittori, lasciandosi facilmente persuadere da tali comode regole, si accontentano dei primi pensieri venuti, nè li rifiutano che quando non sembrano loro abbastanza comuni.

Ma questo, lo so, è la caricatura dell'*Estetica Crociana* preannunziata da Carlo Dossi; il quale, per essere capace di queste divinazioni, fu assai mal compreso dal Croce, che lo ripone tra coloro che son sospesi, degni, tutt'al più, di lungo purgatorio nella sua *Storia della Letteratura del secolo XIX*. Oh, storia da manuale scolastico! vi si impareranno i falsi concetti su Guerrazzi, su Rovani; di tanti altri, non vi si troveranno i nomi che pur dovrebbero esservi, spacciati con allegro esclusivismo facile.

Però che questo Critico-Filosofo non definì mai il suo mestiere così: «La Critica *è la ricerca, l'affermazione e la messa in valore delle Virtù sincere dell'Artista*». Per ciò la sua, la quale poggia a pena sull'edonismo, può dar luogo a questo *epifonema* che la riassume nel suo scopo e nella sua portata: «*L'Artista è quello che è: non ne cerchiamo le cause, ma studiamone i prodotti*». Ausonio Franchi, quasi-filosofo, — dico *quasi* e non pseudo — il quale mise a fondamento del suo sistema un qualche cosa di simile, ha potuto coonestare, per assenza di principii, il suo trapasso a doppio uso, prima, dalla tonaca al positivismo, indi, da questo alla cocolla. L'anabasi critica del Croce potrà avvenire parallelamente, esclusa la frateria.

No; noi domandiamo all'Artista. «*Chi sei? — Donde vieni? — Come applichi le tue virtù? — Ti esprimono esse completamente? — Sai esporti sinceramente? — Come i tuoi comportamenti accolgono l'opera tua? — Ha questa un successo superiore od inferiore al suo valore? — Puoi tu allora, saggiando il mondo e li uomini colla tua sensibilità e la tua ragione, giudicarli? — Il tuo giudizio è la Bellezza del tuo Tempo?*».

Come vedete, noi siamo un pò più prolissi, ma più esatti; chè il press'a poco non ci conviene nè come ad Artista, nè come a Filosofo.

Un esempio: me ne occorre uno. Cerco nelle effemeridi; ho trovato. Li Edili di Forlì, se non erro, avevano affidato alla sapiente plastica del Comm. Cifariello l'incarico di scolpire un monumento ad Aurelio Saffi. Quello lo fece. Tutta Romagna, anche non repubblicana lo rifiuta: non è il Saffi, è il niente monumentato. E pure fu e credono che sia squisitissimo artista il Cifariello: foggiò torsi nudi di cantarini e cantarine in modo meraviglioso; e rizzò equestre un Umberto, a Bari. Non un Saffi: perchè? L'opera sua può sfoggiare il miglior buon gusto di questo mondo, può, secondo il metodo estetico crociano, piacere:… ma come può comprendere, un uccisore di donna con cui giacque, l'animo magnanimo del grande triumviro romano? Ecco, perchè Cifariello non saprà mai rendere nè in bronzo, nè in marmo Aurelio Saffi, mentre, forse seguendo il suo sistema, Benedetto Croce lo avrebbe ritenuto capace.

Mi ostino a insistere sulla azione della critica crociana, colla quale il nostro filosofo ha voluto, o creduto, di prendere il governo della produzione estetica italiana e di dirigerla a suo agio, amando, come dissi, *fare il maestro*. Voi, nella disamina di qualsiasi libro, lo vedrete sempre preoccupato *nella ricerca della sua speculazione*, nella esposizione del suo sistema speculativo. Gli fate dire: «Ma qui stiamo tra gli artisti!». Ed egli non ode e non si sostituirà mai al loro posto, nella bisogna di fare precisamente ciò ch'egli critica. Egli, perciò, *comprende press'a poco quanto vuol giudicare*. Come meridionale, emotivo, come hegeliano, riflessivo di metafisiche, Benedetto Croce cerca anche un sistema in arte e non s'avvede, che, proprio, un grande artista *l'agisce in serie di bellezza* e non *lo costruisce in proposizioni*.

Ed ecco il critico — cioè chi non fabrica — che, anatomico specialista, può conoscere esattamente la topografia dei visceri essenziali, ma, difettoso biologo, non sa l'ufficio e le relazioni di questi nei processi differenziali della vita particolare d'ogni individuo. Così, sapientissimo nomenclatore — di sistemi, — è improprio a rivelare le funzioni, cioè le attitudini, le attività, i gesti, la sequenza del moto e del divenire; isola e distingue; rimane ancora alle categorie; dettaglia li apparati in una necrofilia da dilettanti, non li considera nell'organismo in totalità; giudica quindi *ab inferiori*, di sotto in su, nel caso generale, nelle derivazioni particolari; perchè non devesi mai definire su di una estetica ma *immedesimarvisi*. Allora, rivivendola, la giudichiamo, divenuta nostra, o completa, o difettosa manifestazione: da qui, la lode, od il biasimo, per le ragioni intime del critico, che son quelle, poi, dell'autore.

Mi occorre un Altro Esempio. Il Croce legge D'Annunzio, se ne diletta: trova che, nell'opera sua, tutto è al proprio posto: vi ha ordine; nello stile, una certa onda carezzosa e isocrona, in cui si acqueta: visioni folgoranti, nelle quali viene rapito: estasi, di quando in quando. Tutto un rosario capzioso di bellezze procaci e semi nude, eccitate da un lievito di intima religiosità e ferocia: specialmente, quando serve loro per veste è sfarzosissimo. Il critico assapora lentamente la sua voluttà e non sa staccarsene: *egli opera, in quella, coll'autore*: preso all'inguinaja, non riesciro dall'incanto saporoso di quel fornice letterario. Gli si dirà: «Anche nell'amore costui mente. Non vi accorgete che bara? Non vi siete accorto che ruba, che ha rubato, che ruberà?». Vi risponderà il critico: «*Anche nelle peggiori delle ipotesi alcune decine, od un centinajo di pagine, tradotte od imitate, non possono cangiare la figura storica del D'Annunzio, autore di una ventina di volumi ben suoi*».

Ve ne accontentate? Io no: mi pare che questo filosofo ami di tutti i piaceri quelli grossolani. Io domando altro al Filosofo, all'istitutore di una generazione, come egli pretende: gli richiedo: «*Con che animo ha fatto D'Annunzio?*». E mi risponde che «*Arte non è pensiero, ma intuizione*». Buona sera! Io aveva sempre creduto e credo ancora che *Arte è un fenomeno specialmente cerebrale, non istintivo*, e che perciò esso sia: «*La bella sincerità delli autori*». Il Croce non sa che farne; troverà invece un *tono proprio ed originale* nell'opera dannunziana; ed anch'io: «Nel Plagio». Plagio? È la personalità del poeta che straripa; che invade l'altrui; è l'innondazione del *sopra più*. È la sua miseria che corre a rapinare, sostengo; ma l'idealismo hegeliano ben solleticato è pur misericordioso nella critica d'arte; l'appropriazione indebita diventa l'atto di una virtù esuberante. In nome del grande filosofo tedesco è dunque doveroso spalancar le carceri ai tagliaborse ed ai minuti *pick-pockets* con indennizzo e regalìe. Tanto, vi spiegherà il Croce, abbiamo a josa dei galantuomini, che, se comperano pagano; dei ragionatori, che, se vi parlano, danno le prove di quanto affermano; la razza dei lirici, come D'Annunzio, è scarsa. Domandate voi ad una bella e buonissima danzatrice se è casta? Mi diverte. Non vi ha differenza. Il *tango* di Camargo non corrompe; ma l'arte d'annunziana, oltre ad essere lo sfacciato indice di una corruzione individuale e collettiva, è per sè istigazione a corrompersi. All'amoralismo neo-hegeliano e pragmatista di Croce, ciò poco importa: egli è scientifico, constata. Ed allora: «Buona notte!».

Testè, Benedetto Croce insorse contro una cattedra di *Filosofia della Storia* istituenda a Roma, in puro beneficio di un suo concorrente nella egemonia pedagogica. Non entro nelle beghe private; ma il Croce, per frustrare le speranze dell'antagonista, aggredì, in vece sua, gesuiticamente, la *Filosofia della Storia*. Povera cara amata da lui e da giovane e da maturo! No: la signora *Filosofia della Storia* non esiste più; si è confusa nella *Storia p. d.*? A che dunque, Benedetto Croce, insistere a divulgare la grande opera di Giambattista Vico? Costui è un Filosofo della Storia o no? Mettiamoci d'accordo e brindiamo alla coerenza.

Sicchè, pei giovanotti baldanzosi e pericolosi di «*Lacerba*» — redattori ordinari — il filosofo napoletano ha il difetto di essere: «ricco, senatore, celebre» per me, di macchiarsi d'altre e maggiori tare; come, ad esempio, di essere già stato il degno maestro di Giovanni Papini; il quale, in riconoscenza, come si usa, gli si avventa, oggi, addosso con verde odio ed invidia, cercando di addentarlo, per avvelenarlo a morte.

Ma, a coscienze dimezzate ed eunuche, un terzo di filosofia. Ad apprestarlo si propone il Croce; il quale, in veste di liberatore dai pregiudizii, tornò ad ammettere i diritti sacrosanti della ignoranza.

Padronissimo! Il maestro è trovato dalli Italianucoli nuovi, che ingiuriano la patria col nazionalismo di *Bonnot e Compagni*, che si allenano a votare a stampiglia il nome de' candidati salesiani, indice del loro analfabetismo; è quì il pastore del greggie bisulco e sudicio dei sudditi di S.S. Pio X Sarto, di S. M. Vittorio Emanuele III di Savoia-Carignano.

Per la qual cosa il Croce discese al laticlavio, dalla filosofia intiera.

Or quale opinione noi dovremo avere di un cervello di filosofo che va colla corrente? Quale sarà la sua potestà creatrice, se, come una foglia arrugginita, si lascia trasportare sui molli flutti, lentamente, di un fiume accidioso, quello della opinione pubblica?

Fu Benedetto Croce, ai tempi che avevano rinverdito di qualche eleganza, socialista, e lo doveva essere, se Hegel era il suo maestro, e s'egli, per quanto ricco, almeno in faccia ai vicini, doveva dimostrarlo, non solo a parole, ma anche in opere; oggi, in sulle facili aure del misticismo si fa carreggiare verso il prete, senatore. Non disprezza però il *Futurismo;* conserva, per lui e per il suo Profeta, una benevola aspettativa: ambo si sono riconosciuti in famiglia: nuvole ed inocui tuoni.

William James.

Un dì, per necessità di polemica anti-fogazzariana, mi uscì forte, rivolgendomi all'autore di «*Piccolo mondo antico*»: «Era affidarsi alla americana e spingersi al *bluff* di William James, praticato da lui; ed, ultimamente dal Roosevelt», ed eccomi fatto segno da un giornalista, che sosteneva il *bluffismo* di ambo, per poter coonestare il proprio: «Il James, che ha il torto di non essere positivista» — come a dire ch'io ne sono uno, oh beata ignoranza filosofica! — «è meno imbecille di quanto il Lucini creda».

Colui, che mi rispondeva così, doveva dar fede, colla sua teorica *del parere eguale all'essere*, poco dopo, sotto le mura di Tripoli; quando, eccitato dalla facile gloria del Carrère, scalfito, dalla gelosia di un arabo, di pugnale — e parve un eroe attentato dalla spiccia esecuzione giovane-turca — cercò di emularne i casi ed il relativo successo, in fondo al quale trovò de' poliziotti ed un relativo commissario di buon senso.

Dunque, io aveva il torto — essendo al dir del mio preopinante un positivista — di credere un imbecille fuori misura lo James. No: l'ho ritenuto e lo ritengo tuttora il *retore massimo* del *bluff* in filosofia, donde crebbe un suo sistema, che ha valore come qualunque altro sistema, ma che è opposto al mio, perchè si fonda sulla menzogna, un'altra ottima assise anche filosofica, perchè già servì alla religione positiva ed ha per illustre e genioso difensore Joseph de Maistre. Sì; William James è il filosofo del *bluff*; come a dire: «*getta la polvere nelli occhi della sua filosofia, o per farci stravedere, o per acciecarci affatto*».

Povero e defunto William James! A richiesta di qualche isterica delirante settatrice dello *Spiritualismo spiritico*, o di qualche M.me Blawatsky, astutissima teosofessa, o dei tre piedi di un tavolinetto industrioso e magnetico, o della burla di un buontempone, che si diverte delle altrui superstizioni; egli, che pur ha creduto come Fogazzaro e Giacosa e Lombroso ed il vivente Morselli e…. la Paladino — di cui si nutre — alli *Spiriti;* ritorna, qualche volta, sotto codesta forma, a parlare del mondo di là coi suoi discepoli e li pastura del suo cibreo di parole non perfettamente filosofico, dove l'ignoranza effettiva del *medium* si confonde colli imparaticci della sua filosofia, avendone questi letto qualche pagina, qua e là, prima della seduta, in cui l'anima dello James doveva evocarsi. Non insistiamo: codesti sono affari jankees di cui non mi intendo.

Più tosto, avendo avuto paura di non conoscere bene la dottrina del nostro americano volli accostarmi con maggior studio al suo concetto organico. Mi giovarono le recenti e postume pubblicazioni di alcune opere; una, mandata fuori dagli editori Longruans and Greens di Londra, in inglese: «*Di alcuni problemi filosofici*»; l'altra, dal Flammarion, una traduzione: «*Le pragmatisme*»: quel tal pragmatismo, che sembrava una novissima invenzione de' nostri Papini e Prezzolini, acutissimi dissettori di apparenze, quando, in suo nome, decretarono la distruzione di tutte le filosofie, quel tale pragmatismo, a cui ricorrono spesso i nazionalismi nostrani; perchè *facendo la faccia feroce* contro i barbari, acciottolando sul selciato il fondo d'acciaio delle guaine delle sciabole, con strepito di ferro ripercosso nel ritmo del passo, i nostri vicini *sentissero rumor d'armi* e pensassero: «*La potentissima Italia!*» Sono invece alcuni giovanotti male intenzionati di patriottismo che giuocano, *nelle belle contrade*, alla guerra. — Ma ciò qui non importa.

Che è il Pragmatismo? Impresto parole da Paul Adam, il quale, recatosi alla gran fiera di Chicago, mandò di là ai giornali parigini una serie di articoli di molta squisita letteratura, che, raccolti in un volume, si nominarono: *Vues d'Amérique*. Paul Adam dice: «La inclinazione all'eccitamento valoroso è così profondamente nazionale nelli Stati Uniti, che questa forma il primo dei fondamenti e la maggior tesi del migliore filosofo americano per la sua analisi *dell'emozione*. A riassumere alla spiccia e trivialmente il pensiero di William James, eccovi la sua frase-tipo: *Noi siamo afflitti perchè piangiamo; spaventati perchè tremiamo, irati perchè schiaffeggiamo*». Cioè le esaltazioni fisiche producono il parossismo dello spirto: sì che non è questo che determina quelle. Allora, se noi vogliamo la gioia si facciano atti gai; il coraggio, si esprimano gesti di forza e di maestria; se noi desideriamo essere ricchi si spieghino attitudini esteriori per la speculazione, per una scoperta, per una organizzazione finanziaria. È la teoria del *bluff*. E Paul Adam, che pure l'ammira, ha trovato la nota enucleativa e perfetta per nominarla, quella, che non accomodò, l'altro giorno, al nostro De Maria: *il bluff*.

Il *bluff* è una attività nazionalista americana; il *bluff* riempie di sè stesso il giornale jankee; detonazioni, luminarie, luminelli, fracassi, scandali, assassinî, linciaggi, elettricità — tutta la superficie, quanto schiumeggia, ribolle, fuor esce; la vernice, l'apparenza, il farsi credere di più. Quei ricchissimi ragazzoni barbari, oppressi dalla civiltà che si importano dall'Europa, dalle arti che male comprendono, dalle filosofie che peggio assumono, dalla aristocrazia che non possono assimilarsi, hanno un terrore manifesto per le idee; sembrano de' collegiali in ricreazione, che rifiutano fatica al più piccolo ragionamento, esposto loro fuor di classe.

Per li abitanti della *Quinta Avenue* il nostro giornale classico, colle sue cronache eleganti ed acute, colli articoli di politica commentata ingegnosamente, colle critiche sull'arte e sulle lettere estemporanee, rimane una enciclopedia di difficile interpretazione. Il Jankee degusta il suo gazzettiero spezzatino in molte pagine, stampato minutamente; se lo reca in mano, come un mimmo il balocco; lo rimira cosparso di disegnucci, di figurine, spesso colorate come le stampe ed i soldatini di un soldo al foglio, con molto rosso; lo ammira nelle illustrazioni fenomenali ed orripilanti: se ne compiace per li schizzi umoristici ed eccentrici.

Sapere di più, conoscere in profondità? Perchè? La Guerra russo-giapponese vi fu rappresentata in una serie di *films* sommariamente impiastricciate di vermiglio, di nero, di verde e di bianco: tutto il resto semplificato, emendato, stilizzato, ridotto ai minimi termini, alla portata del minimo comun denominatore della più bassa cultura popolare. Perchè questa appare la parola d'ordine dei giornalisti d'oltre Atlantico: «*Disabituate dal pensiero la mente americana; riconducetela e conservatela al più umile livello; riconfortate la pigrizia mentale*». Ed i precetti dimostrano che l'americano, come massa, ha bisogno di riposo psichico: che ogni manifestazione di pensiero lo affatica e lo ammala; che, là, il suo successo è puramente fisico e di apparenza; che per ciò, a razza quasi esausta, una filosofia, che ne adula i vizii esaltandoli come virtù, deve proclamare il novissimo nominalismo del *bluff*: «*Siate quanto volete apparire di essere, non quanto realmente siete*». Più logico, il De Gaultier ne trasse il suo *Bovarysme*; il pragmatismo, tornato a Parigi e quivi residente con accettata nazionalità francese, il pragmatismo, che lasciò la grinta Anglosassone e Kerokee per assumere l'Ironia di Voltaire, può farci allora sapere, a corollario della enorme supponenza di New York: «*Le Bovarysme est le pouvoir departi à l'homme de ce*

Ottimamente; più che l'essere il parere; al succo sostanzioso di un poema, preferiamo l'esposizione plastica di un balletto; la coreografia preceda la plastica; il bell'abito, alla bella e buona coscienza. Che deve essere per William James, l'emozione di bellezza? «*Una serie di sensazioni risvegliate da un fiotto conquistatore d'effetti riflessi, suscitati dal Bello. Ecco: un lampo, un urto nello stomaco, un fremito, una profonda respirazione: indi, il cuore che si agita; brividi nella schiena; delle lagrime alli occhi; disturbi all'epigastro, senza parlare di mille altri sintomi che si manifestano in noi nel punto in cui la bellezza ci eccita.... però che la tavola armonica, che è il nostro corpo, vibra più che noi supponiamo che possa*».

Ciò sarà *il fenomeno americano in potenza in una americana coscienza* per quel fatto, che questa chiama bellezza; ma la coscienza latina, la nostra italiana, specialmente, per concedere tale attributo alle cose ed alli esseri *deve modificarsi ben diversamente*: il piacere della riflessione epicurea, l'*edoné katastamatikè* è ancora principio d'estetica tra noi; l'emozione di pensiero è comma alla ricerca delli elementi che ne costituiscono e la felicità ed il bello. La violenza, la soffocazione, l'impeto cieco, la gioia che confondesi col dolore, in fine, quell'urto nel petto, quel malessere all'epigastro dello James non entrano come elementi fisiologici del nostro *sentire il bello:* sono più tosto effetti disordinati di una caotica percezione, per caotici spettacoli. Il *Buffalo Bill,* che guida la carica dei suoi *Gauchos* e dei suoi *Apaci,* urlando e bestemmiando, non è il sereno Achille, non il meditativo ed ironico Ulisse, i nostri eroi; il drama d'Eschilo non è la pantomima, che applaudono nel *Far-West* i cercatori d'oro, sul trespolo improvvisato di un *bar,* in cui han fatto tenda promiscua il teatro, la banca, la bisca, il bordello, il palazzo del comune e la chiesa; fortunatamente, ancora, l'anima latina sa distinguere e quindi ragionare. Per ciò determina il successo e non lo inalza sopra il merito; e giudica spesso che quello demerita del suo valore perchè scaturito donde doveva riuscire il biasimo. Sia dunque il pragmatismo l'attività filosofica di una razza umana che desidera avere la spiegazione delle cose senza faticare a cercarla, che vuol essere nella certezza della verità senza ragionare in che sia veramente la verità. Tutto ciò che esiste è buono, dice il pragmatismo. Si potrebbe, a suo favore, ritradurre il *Candido* di Voltaire, apparirebbe di somma e pratica attualità; vero è, che, dietro il furbo feudatario di Ferney, occhieggiavano Condorcet e Guillotin, e la Vergine rossa, come la Gorgonie insaziata, stava per pretendere, in sulle piazze di Parigi, la sua messe di teste umane e coronate. L'avvicinamento non è solamente paradossale e letterario, ma sociale: il pragmatismo è la filosofia della fine di un regime, lo squillo di campana che annuncia la decadenza, ed il mattutino che canta una rinnovazione.

In queste epoche torbide e mal composte sopra lieviti antietetici; in queste nazioni plasmate di razze diverse, alle quali l'ambiente e la legge cercano dar compattezza unica; in questi crogiuoli sociali, in cui è permesso ancora l'avventura fortunata alla ricchezza miliardaria, nelle antitesi flagranti delle grandi ricchezze e della più dolorosa povertà, devono sorgere i nemici della Ragione. Il pragmatismo è un'arma foggiata contro il *logos* e la logica.

Ve ne furono già al tempo di Aristotele: si diventa mitologi come ci si professa misantropi. Perchè? È fatale, per temperamento. L'uomo, in generale, si mette ad odiar la ragione, perchè d'essa pretendeva più che non poteva concedere; perchè si sono irritati, come fu Brunetière colla scienza, non avendogli questa fatto vedere Domeneddio, conservato coi suoi attributi, in un boccalino, nel laboratorio di Charcot, o del Currie.

I pragmatisti poi, nelle loro requisitorie chiamarono in loro aiuto la psicologia e la critica; vagliarono ed affettarono, come un salamino, *l'idea di verità,* e terminarono colla illazione generica di una teoria: *l'anti-intellettualismo, — l'anti-razionalismo.* Tre corna, uno di più che non occorra alla forca del dilemma, ne uscirono: 1. la tesi affettiva — 2. il pragmatismo — 3. l'irrazionalismo scientifico.

Per quanto, in fondo, il pragmatismo non creda di poter far senza *idea di verità,* pure mette in mora il concetto *verità intellettuale* a profitto della *verità morale;* perchè, in questa, egli scorge una *verità di riposo,* di fiducia, di sicurezza: la verità della *inerzia mentale,* tanto cara alle razze affaticate internamente ne' gangli nervosi, che a dar volta alla nevrastenia, vogliono intorno rumore e strepito per confondervisi. Non accorgete intanto, voi, il bisogno di credere alle apparenze e di coonestare le menzogne venerabili?

William James sapeva che la verità intellettuale è pericolosa ed ingombrante: tutte le nostre conquiste filosofiche, dal Socrate al Cristo, dal Pomponazzo al Giordano Bruno, costaronci sangue e patibolo. La verità di codesto timbro è in continua lotta; minaccia molte cose preziose; in noi, — le superstizioni — fuori di noi, — i privilegi — formidabilmente; però che Remy de Gourmont può dire sorridendo a doppia intenzione: «*Ce que il y a de terribile, quand on cherche la vérité, c'est qu'on la trouve!*». Al fatto: se i nomi corrispondessero alla sostanza, non alla apparenza delle cose, oggi, d'un tratto, la rivoluzione scoppierebbe su tutta la superficie del mondo. Ed allora, ecco, i pragmatisti a concorrere, perchè questo spirito luciferino di ricerca appassionata devii o disarmi; perchè si venga a credere ad un limite, ad una misura approssimativa, così così, di vero, donde domini l'utilità come successo individuale e sociale. Il *quid medium* era già stato trovato da quando Aristotile *non poteva tollerare* l'inesistenza del libero arbitrio, da quando Brunetière dimostrava l'efficacia del cattolicismo dalla sua sociale efficacia. — Brevissimo il passo: non contrastate alle abitudini deformatrici della massa e dell'individuo; coltiviamo i nostri vizii ed i nostri difetti collo specifico pretesto di assicurarci di altri mezzi di conoscenza. Ma, in fondo, il pragmatismo ha la mentalità del prete, del magistrato e del gendarme, desidera l'adattamento alle menzogne convenzionali; difensore dell'ordine, il misologo per eccellenza, propone come logica retribuita la bugia consacrata dall'uso. Dice il perfetto borghese: «*Verboten!*» La parola è tedesca ma non kantiana: «È proibito pensare!» — Risponde Max Stirner, il filosofo dell'*Unico,* colla sua diana *(Das Einsige):* «*La mia verità è la sola vera, perchè l'ho pensata Io, principio e fine.*»

E però William James si fa insinuante e maligno, direi, quasi molinisticamente presbiteriano: foggia il suo sistema elastico; l'acconcia ad ogni bisogno, ai più opposti e contradittori appetiti; lo piega ai nostri istinti, o meglio, alli istinti de' suoi compatrioti, a tutti i loro capricci, adattandolo a ciascuno, volta per volta. Egli ha cosparso la vita di *certezze,* perchè vuole che si creda alle apparenze; ha steso un tappeto di velluto variopinto e folto sotto ai nostri passi, colla sua amabilità. Sopra di noi ha posto in veglia la Provvidenza e Domeneddio; ha intronizzato la comodità d'una morale quasi cattolica, distributrice di sua grazia; qui vi è di tutto, teoria e pratica, senso comune e scienza, scienza e filosofia, filosofia e religione. Egli aveva proprio conglomerato una serie di opinioni in cui l'inquietudine di Antonio Fogazzaro poteva vagare, coll'illusione di non uscir mai dalla verità; preparando un fondamento di dottrina dal quale — se li americani dessero un grande romanziere — un altro Don Alessandro Manzoni di quel paese potrebbe estruggere un magnifico romanzo in concorrenza coi *Promessi Sposi.* — Oh, come il nostro reazionario De Maistre, tutto Sant'Uffizio e boja, è più rivoluzionario a paragone del James; ricorderete di quello: «La folla comprende questi dogma, quindi sono erronei; li ama, ed allora sono pericolosi». Mentre l'altro: «Ma tutti credono così, bisogna credere così, è utile credere così: se non credete, fate la mimica di credere». Nel comporre il balletto di *San Sebastiano,* anche D'Annunzio finse la fede coi piedi e le magre bellezze della sua istriona giudea: e voi sapete che le *snobinettes* di Francia applaudirono. Successo? Merito reale?

Pure, a me, come a George Palante, come a Remy de Gourmont, come a Nietzsche, il pragmatismo di William James, che definisce tutto e nulla, che confonde ogni cosa, dentro cui si confonde, si rappresenta, in immagine viva, come quel filosofo, cui nell'*Ecce Homo,* il grande distruttore e ricercatore de' *valori nuovi* foggiò per apologo esemplare: quel filosofo benevolo, dotato di appetito invidiabile, che, nutrito di contradizioni, ingurgita ed ingozza fede e scienza e non ne soffre indigestione: stomaco tedesco. Però che questa filosofia è quella della universale e voluta confusione, sotto pretesto di conciliare.

E bene, han fatto nuovo li americani anche in questa disciplina? Conviene che si accontentino di Edison. Quanto ai loro massimi Emerson, Pöe, Walt Whitman possono dichiararsi lieti della formola che fa suddita l'Idea del Genio alla Consuetudine della Folla? Quali anabasi! Essi, che avevano trovato in Eraclide il germe della teoria evoluzionista, in Empedocle le fondamenta di ciò che Darwin chiamò la selezione naturale: essi, che avevano affermato con Protagora: «L'uomo è la misura di tutto», debbono inchinarsi a rivivere la filosofia dello *sport:* — Emerson il dottore della energia — Pöe il mistagogo de' misteri della carne e della psiche — Walt Whitman l'Omero della modernità.

Non importa: ben viva la dottrina di William James, se fa alcuno felice, se addormenta l'angoscia in qualche coscienza; ben la pratichi il popolo Jankee. Impari, come già impararono i Cinesi, a tornire cannoni di legno, per appostarli nelle loro trincee, non a fondere bronzo per mortai. Ciò basta: il gesto è tutto. Quando li Stati Uniti minacciarono guerra ai Giapponesi, fecero circumnavigare l'America dall'armata del Dewet, dimostrando: *bluff.* Oltre alla nativa eleganza, alla soda semplicità, alla sincerità cordiale, il cittadino di Boston e di Chicago può imparare dai nostri emigranti la misura del ragionamento; il buon senso comune italiano, che rispetta i termini e non accoglie mai l'effetto per la causa, con invertita ed americana assurdità.

Emilio Boutroux.

Mi si presenta come un giansenista che ragiona troppo, e, nel medesimo tempo, come un razionalista a metà. Per la qual cosa si trovò nell'*impasse* oscura in cui stava scalpitando l'inquietudine fogazzariana; dove, per vederci, tentò accendere un barlume di luce, avvicinando il *Dio biblico e personale* colla *Evoluzione.*

Non l'avesse mai fatto! ne derivò uno scoppio: l'Iddio andò in polvere, e riapparve *l'arco voltaico della Energia.* Gli è che il vecchio Leibnitz aveva avuto il sopravento; la miscela, che già egli tedescamente aveva ritrovato dopo Spinoza, gli aveva dato l'*Entelekeja — Vis agendi primitiva —* che, *a fortiori,* poteva anche essere Domeneddio.

Ma, chi dice Leibnitz fa sottintendere subito Kant; il quale, senz'altro, e lo sapete almeno dal paradigma carducciano, tagliò la testa al Padreterno: se non che, se pronunciate Kant, vuol la sua voce anche Hegel, che mette Dio, non alla nascita, ma alla morte, non in principio — *in principio erat Verbum* — ma *in divenire,* sintesi, sull'ultimo gradino della specie a riassumere.

Sì che il povero Boutroux, che, con impeto cattolico e melensa e studiata meticolosità protestante, tentò allevare la fede colla scienza, terminando senz'altro col far getto della sua metà razionalista, pericolosa ed ingombrante, non solo ha dovuto accogliere *il Dio di San Tommaso d'Aquino,* cioè, *quello dei Domenicani,* ma pur *l'altro* del suo glossatore *Suarez,* cioè *il Dio Spagnolo dei Gesuiti.*

Dopo ciò, ascoltiamo Boutroux che è la quinta essenza dell'idealismo tanto caro anche ai medici — come l'Anile —; il pragmatismo più basso e più fangoso cola dalla sua parola: v'insegna, come tutti i clericali, che la religione più vera è quella che ci ajuta maggiormente in questa vita, ossia la religione del Papa. Ma coloro che si sottraggono a questa invischiatura conoscono bene perchè Pomponazzo, il quale risuscitò Platone, venne tremendamente dannato dalla Curia Romana, e perchè li ultimi tornisti — cioè i Rosminiani — han condannato Platone, gridandosi delli idealisti che lo avevano superato! Bestie! Eran tornati più basso di Aristotele!

Bergson.

Mi sorride definirlo, con grave scandalo dei suoi settatori: «*Uno impressionista dello Spirito...*», uno Cézanne, senz'arte sua, del neo idealismo. Può anche essere una lastra sensibilissima fotografica, su cui si sono impressionate, nell'attimo della posa, Hegel e William James, l'uno sull'altro. La fotografia riuscitane è veramente curiosa; anzi, per più di un aspetto, geniale; ma la confusione è evidente. Non importa. *Confondere le idee significa errare la vita;* e molti, che non se ne accorgono, vivono all'invertita e si trovano bene. Bisogna però sempre non accorgersene.

Bergson, allora, il nemico dichiarato della Ragone, ritorna allo Spirito; ma perchè anche lui sembra, che, comunque per vivere filosoficamente, com'è la sua attitudine, bisogna per forza *pensare,* fa intuire l'Istinto. È dunque l'animalità che sente Dio. Pensate voi dove il Dio si debba trovare.

Ma qui non è luogo di satira; procediamo, senza sviare nelli anfratti allettatori dell'humorismo. Bergson ha trovato che l'*Evoluzione* è nel medesimo tempo *creata* e *creatrice*, meno accorto di Fogazzaro; il quale aveva tentato le sterili nozze Sant'Agostino-Darwin con volo veramente intuitivo. Sì: Bergson vede l'Evoluzione, nella sua realtà profonda, come una successione di elementi *indi- stinti* ed *impenetrabili reciprocamente* di cui l'*esteriorità mutua* non e che un'*illusione della nostra coscienza*; con tutto ciò, l'Evoluzione *è realtà profonda* ed *illusione, incessante novità, originalità, imprevedibilità, contingenza radicale nel progresso?*

All'odore dell'eretico si avvicina Padre J. de Tonquédec, il quale facilmente s'applica a dimostrare come l'*Evolution créatrice* del Bergson si affanni nella *confusione indistinta del Creatore coi suoi Effetti*, e gli neghi la reale trascendenza rispetto a questi. «In nessun punto di tempo e di spazio si afferma un atto creatore eterogeneo a quanto si crea!» — «La Causa suprema non può creare se non *svolgendosi*: leggendo M. Bergson non sappiamo, nè possiamo scoprire se Dio è il nome ch'egli dà ad una *realtà* che *diventerà* il mondo, o se questo vocabolo designa qualche cosa o qualcuno di più lontano nell'al di là». Il monismo di Bergson qui raggiava colla maggiore intensità una eteredossia come quella di Spinoza: il Dio diventava il Panteismo.

Ora, il Padre de Tonquédec, messolo alle strette, l'obbligò a farsi più chiaro. Il nostro filosofo gli rispondeva:«Non ho nulla da aggiungere, oggi, al passo dell'*Evolution créatrice* relativo alla natura di Dio, come filosofo, perchè, il metodo filosofico — comm'io l'intendo — è foggiato rigorosamente sulla esperienza (interna ed esterna), e non mi permette d'enunciare una conclusione che sorpassi, comunque, le considerazioni empiriche su cui si poggia. Se i miei lavori hanno potuto ispirare qualche fiducia a menti, che sino allora la filosofia aveva lasciato indifferenti, si deve a che giammai ha dato adito, quì, a quanto appartiene alle opinioni personali, od a quelle convinzioni che ripugnano d'essere *oggettivate* con questo metodo particolare. Le considerazioni, poi, esposte nei miei lavori possono anche dar luogo a stabilire: *la realtà dello spirito e la creazione come un fatto*. Da tutto ciò sorge nettamente l'idea di un Dio libero creatore, generatore insieme della vita e della materia, del quale lo sforzo di creazione si continua, in rapporto alla vita, colla evoluzione delle speci e la costituzione della personalità umana. Per conseguenza ne esce la refutazione del monismo e del panteismo in generale». Sì che di questo passo, per sfuggire dall'una imputazione, ricadeva nel *Dualismo* e risorgeva il Manicheo.

Deve esistere, per altro, una bella confusione nella testa dei Bergsoniani: essi si destreggiano: come un Matador, nell'Arena, presentano alle corna del toro, ora la punta della spada, ora un lembo del panno rosso per esasperarlo. Io, ad esempio, sono il Toro e carico a fondo, e domando loro di spiegarsi, naturalmente, in una lingua in cui si facciano comprendere; nella lingua delle idee chiare, distinte: ed essi a rispondere: che, a loro riguardo, usate di un modo inopportuno ed insufficiente, che non li comprendete! «Noi siamo inconcettuali!» Buona sera!

Il loro principio è la Contradizione: la Ragione sì (?) o no (!), l'Induzione, quand-même: la contradizione è nell'interno del loro sistema. Già: «Il *Bergsonismo* consiste, essenzialmente, ad esporre e ad esaltare, come modo d'informazione suprema, uno stato di coscienza puramente inconcettuale, liberato dalla conoscenza per classi, categorie, elementi chiari e distinti (*durata*, per esempio)».

Ma uno stato di coscienza non è la descrizione di questo stato: il sentire non è il ragionamento sul sentire, per formulare il quale deve ricercarsi l'ordine logico, cioè la Ragione. Ed allora: Intuizione? sì o no! Oh, assurdi odiatori del Ragionamento: sopra tutto non contradicetevi.

Sia l'Intuizione il fulcro di tutta la macchina bergsoniana: vi si confonde l'Intelligenza intuitiva coll'atto vitale, sicchè vien desunta dall'abuso di linguaggio, che i bergsoniani usano spesso in metafora, come li hegeliani, accettando le imagini, non come vesti, ma come carne. Quindi, per costoro, intuizione è la *Viva intelligenza*, l'*Intelligenza in azione, in movimento, un Sentimento dello Spirito*, e si afferrano a Claude Bernard, quand'egli dice: «*Le più grandi verità non sono altro che il sentimento dello spirito*».

Subito, e del *luogo comune popolare e delle immagini dello scienziato* si profittano li altri; ci fanno credere, che, parlandosi di Intuizione, si designa specialmente *la vita, l'azione, il movimento, il sentimento*. Imagini, metafore, o filosofi del terzo di filosofia; non è permesso barare al giuoco, quando si perde con oneste persone; non è lecito giuocar colle parole in filosofia.

Ed, allora, sotto le loro abili prestigiditazioni sofistiche ed alessandrine, sorgono di queste mirabili definizioni, come l'altra di Le Roy, un arrabbiato bergsoniano, che lucida il pensiero del maestro con la parola più vivida e più popolare del divulgatore: «Intorno alla intelligenza attuale, sussiste *un alone d'Istinto*. Questo alone rappresenta quanto è rimasto della prima nebulosa, alle spese della quale si è costituita l'Intelligenza, e rappresenta, ancora oggi, l'atmosfera che la fa vivere, la nutre, cioè, de' suoi portati: costituisce, insomma, la *frangia del tatto* e della sottile palpitazione, dello strofinìo rivelatore, della simpatia divinatrice; tutte azioni che ci si rivelano *nei fenomeni dell'Intuizione*». Mirasi all'Istinto? All'Atto vitale? Non saranno imagini retoriche, ma espressioni reali: *Vita dell'Intelligenza, Atmosfera che fa vivere, Tatto, Palpitazione, Strofinìo rivelatore?* Allora concepiamo l'Intelligenza come la mano, colle sue cinque dita. Ma, con dispiacere dei bergsoniani, aveva già detto Max Müller: «I Miti sono fabriche verbali, metafore assunte a realtà per lo stesso valore delle loro parole». La nostra credenza aggiunge realtà a questi simulacri vuoti, a queste rappresentazioni dell'inesistente; anche la Mitologia pretende, oggi, libero corso nella Filosofia, ed i Filosofi del press'a poco le dan passo franco nei loro dominii.

Da qui *L'Intuizione* si rizza sul suo altare mistico, in opposizione alla *Ragione*, Intelligenza viva, ultimo Cristo nato a portar la buona novella della conoscenza universale, aperta a tutti li ignoranti; anzi schiusa a questi solo, per debellare l'*Intelligenza razionale*, capitale nemica dei sogni mistici, delle metafore, delle lanterne chinesi e veneziane; le quali, come la fiamma non sia più dentro accesa, sono carta e fil di ferro; e la fiamma intuitiva è presto spenta.

Intanto, Bergson nella sua *Introduction à la métaphisique* ha scoperto *varie e passa Intuizioni* di cui io non gli son grato, ma per cui delirano i suoi discepoli, ed in cui il contradirsi è tuttora logico.

Anche sull'Estetica Bergson ed i suoi discepoli dovranno contradirsi. Sento dire, infatti, ed io sono di questa opinione, che la filosofia di Bergson fu la conseguenza di un certo stato d'animo, una sistemazione di un certo fondo d'idee, un percepire e collegare altri concetti sparsi, messi in azione, divulgati, scoperti dal Simbolismo; e perciò pare ad alcuni che il bergsonismo sia l'espressione filosofica di quella scuola letteraria, o, meglio, come vuole George Le Cardonel, che: *l'Estetica Simbolista sia bergsoniana*.

Rispondo che, chi produce, non può denominarsi dalla sua creatura, e, caso mai, l'*Estetica bergsoniana è Simbolista*; però che si avvera anche in questo episodio il fenomeno generale del pensiero, già avvertito dal Bovio: «*Il poeta divina, intuisce; lo scienziato afferma*»; e, per regola, il Filosofo essendo uno scienziato, vien dopo il Poeta. Comunque, se i Simbolisti avevano riportato alli allori l'Io, e, da questo, correvano alla nuova scoperta di tutto il mondo; se l'arte loro consiste, non nel convincere, ma nel commuovere, non nel dipingere, o descrivere, ma nell'evocare, e nel far sentire le imagini che andavano foggiando espressioni personalissime del loro Modo, creato del loro Io; non è lecito al Filosofo, che fa opera di universalità, determinare sopra di una emozione, o di una semplice percezione, la Verità incondizionata. Da questo suo sentimento, seguendo la ragione, avrà la via per la scoperta del Vero; ma la sola *azione intuitiva*, non è la *nozione scientifica del vero*.

Certo, Bergson riflette, in questa sua branca dello scibile, la lotta contro la Scienza, che i primi simbolisti, appoggiati al sentimento, ingaggiarono colli applausi dei Brunetière e delli apostati del razionalismo, tornati al *Sacré Cœur* paolotti. Ma, oggi, abbiamo lo spettacolo delli ultimi reazionari, venuti alle lettere francesi sotto il titolo di *Classici*, di *Umanisti*, che ritornano alle tradizioni raciniane, che giurano nel cattolicesimo di Francis Jammes, che venerano il nazionalismo di Barrès; di quelli, cioè, della *competenza*, dell'*ordine*, della *gerarchia*, infine, della *Ristaurazione legittima*, i quali si son fatto per maestro di filosofia e d'estetica il Bergson.

Miracolo della trasformazione! Egli, uscito dalla anarchia simbolista, è l'istitutore del più morigerato e cattolico legittimismo anche nell'arte? Sì: tanto potè il suo pragmatismo, il suo eccitare *coll'opera* ma senza accertarne le conseguenze; il suo confondere *vibrazioni, moto, azione*, colla idea di questi, col giudizio, cioè, che la ragione ne dà e perciò al loro valore scientifico.

Così, noi vediamo, che come dal Nietzsche decorsero i mille farabutti e delinquenti che popolano le tavole sceniche, i romanzi e la vita, dai Chambalot, ai Brando, alli Arrivisti di tutti i paesi; s'invocano a Bergson i giovani che vanno lodandosi nella inchiesta promossa da Agathon: *Les Jeunes gens d'aujourd'hui*. Costoro, dai venti ai venticinque anni, sono morigerati, cattolici, amanti dello *sport* ed alcuni sentono un pronunciato gusto al sangue, casti, per prudenza e per onanismo, seri: dalle sacristie, passano volontieri alle banche clericali, dove, col soldo, trovano la moglie, dico la dote di lei, e si preparano colle avventure del commercio a quello delle colonie; essi leggono poco, di preferenza giornali, in compenso indovinano tutto per Intuizione, e si vantano superiori alla generazione passata, perchè hanno l'imprudenza di chiamarsi *Idealisti*. Così, mentono a loro stessi, perchè funzionano la più lucrosa e più prosaica delle religioni, quella che serve meglio ai loro interessi di quaggiù, il *Cattolicesimo*, che vale in quanto è utile a chi lo professa; e, dal saputo Bovarysmo collettivo, riduconsi a mentirsi sempre ed a mentire. È, in fatti, la varia generazione che strepita per l'imperialismo in ogni nazione, e che, se conglobasse con lei mio figlio, avrei vergogna d'essergli padre, perchè non avrei avuto il potere di correggerlo, o di sopprimerlo.

Codesta gioventù dà l'arte che può. Dai Concetti immediati (*données immediates*) che non voglio confondere colle *Verità subitane* di Giulio Lazzarini, Jules Romain imagina la Letteratura immediata, quella dei gridi, delle onomatopee, quella di cui sono forniti li Animali, se hanno immediata letteratura i Lupi, li Agnelli, i Bovi e le Vacche: quella del Futurismo marinettiano, che vuole:

L'imaginazione senza fili;

Le Parole in Libertà;

Le Metafore Condensate;

Le Imagini telegrafiche;

I Nodi de' Pensieri;

Le Somme di Vibrazioni;

I Ventàgli chiusi o aperti dei Movimenti;

Gli Scorci di Analogie;

I Bilanci di Calore;

I Poli analitici....;

Eccetera.

Donde, senza insistere, capirete, che, se tali abberrazioni si sostengono con una Filosofia, a *fortiori*, questa deve aver coltivata la follìa nelle sue premesse.

Se tu, dunque, non solo accenni ma ammetti, per farti una ragione, che non ripudii della follìa, devi anche accettare lo squilibrio: e quale squilibrio maggiore che il contradirsi? Il Metodo bergsoniano è quello della contradizione.

Ma è necessario contradirsi: dall'una parte Bergson dice della Libertà: «Essa è nella misura *quando può essere qualche cosa*, di una semplice analisi psicologica: *non è, se non un giuoco di prestigio, che può rappresentarsi come una tesi metafisica o morale*». Ed io che ho sempre creduto che La Libertà sia *non solo una facoltà ma uno stato di fatto!* Non importa: Bergson confonde la Libertà colla abolizione di quelli stati dell'Io non semplice, dovuti a cause estranee (coercizione), influenze esterne (ambiente), pregiudizii, ecc. Ma la Libertà non è se non la si esercita: il solo poterla è come possedere il pensiero e non esprimerlo, perchè si è muto; nè scriverlo, perchè senza mani, ecc.!

E Bergson, d'altra parte, eccita a sfuggire alla autorità; poi sorge a *Dio che è l'autorità per eccellenza?* Sà; la Libertà per lui è: «La manifestazione esteriore di questo stato interno allor quando, cioè, si termina di provare una sensazione sotto il suo aspetto impersonale, e si ritorna alla pura personalità — con un atto precisamente libero, come si dice; perchè l'Io solo ne sarà stato l'autore, esprimendo quello l'Io intiero». Dove incontrare questo Io metafisico? Non esiste Io puro, l'Io nudo, spoglio; mai. L'Io è una serie di stati di coscienza; qualora potesse non *capire nulla* capirebbe sempre *Sè stesso* nei suoi motivi. L'*Io Bergsoniano* è come il *Vuoto Assoluto*, non esiste, è metafisico, è Dio. E che crea mai questo vuoto di coscienza, questo Io non occupato, il quale solo è possibile di Libertà? E come può creare liberamente, se, pur essendo vuoto, non è munito di Volontà? E la Volontà si immedesima coll'Io nudo? — L'*Io nudo libero è l'Io morto.*

Osservate lo sfrenato individualismo a quante aberrate contradizioni conduca: il suo procedimento striscia e scivola sotto la specie di un'altra forma, di cui riveste un'idea, a quell'altra idea senza rapporti, cui non può inanellarsi l'analogia; nè opporsi l'antitesi; nè distinguersi la categoria; nè formularsi la serie; è cioè l'Idea *contraddittoria in termini*, nuda, senza riguardo a posizione, spoglia di fine come opposizione di rapporti, donde scaturisca, dal conflitto delle due, un altro concetto.

Le idee di Bergson sono come dei mondi seminati, nell'etere, dal capriccio di un demiurgo burlone, a piene mani: ciascuno d'essi è indipendente, ha rotazioni e rivoluzioni fantastiche; qui, in questi cieli iperborei, non sorgeranno sistemi solari, costellazioni con leggi fisse, con armonie e relazioni; tutto è caos, a ciascuno sopra intende un miracolo: non si sa come possono vivere; la vita stessa, anzi, non è possibile in queste condizioni: ma, a districarle dal bujo e dalle nebbie, vigila il faro della *Intuizione*. L'Intuizione è, forse, per Bergson l'Io puro, la Libertà? Qualche volta per me è l'Ignoranza. Non vi ha che l'ignoranza capace di *Concetti immediati* (*donnés immédiates*); non vi ha che Bergson, il quale abbia trovato l'*Intuizione filosofica*; non vi ha che questo mistico, il quale parli come un anarchico, eccitando a rivendicarsi dalli agenti della nostra schiavitù, qualunque siano: «La vita sociale, il linguaggio, l'educazione». Egli è giunto in buon punto per dare la destra alli eremiti iconoclasti della Tebaide, la sinistra ai Futuristi: in mezzo a questi suoi due corni, e non di dilemma, vi è posto tutt'ora per Joseph de Maistre, la Guerra, il Boja; lo stato di natura o di selvatichezza, infine per Dio, che è l'*Intuito trascendente immediato per eccellenza*. Di fatti, per concepirlo, la ragione è un di più.

Di questo passo, se ne scandalizzò anche il padre Albert di *La Revue Catholique*; il quale, andando a rivedere l'atto di nascita di quel filosofo, si accorse che è giudeo. Codesta notizia mi fa capace di molte nozioni: capisco, cioè finalmente, come Bergson, a traverso la sua circoncisione, compia perfettamente l'ufficio cui a sua stirpe gli obbliga, cercando, in ogni cosa, come tutti i suoi grandi connazionali, la *Religione*, dico *l'utile superstizione che profitta*, sopra tutto il resto. Non è sempre religiosa la Banca, la Filosofia, la Poesia, il Socialismo, l'Arte delli Ebrei? E l'Utile, il grettissimo Utile torna un'altra volta ad imporsi, vitello d'oro, sopra li altari a cui si inchinano le folle, che, col dirsi cristiane, sono appena giudee.

Tornò l'opportunità al Bergson, dopo tanto sfoggio d'intellettualismo, dopo tanta stanchezza sopravenuta, dopo tante speranze andate a vuoto e tanti sogni ricaduti ubriachi d'incenso, senz'ali ai nostri piedi, di nobilitare d'utilità psichica *l'istinto*: «Come si vive, così si scoprono le verità: la vita è un giuoco di forza, tutto è vario e fortuito, ogni esemplare ha la sua legge, ogni individuo la sua morale; vi è una genialità trascendente, in cima alle nuvole; che gode di questa Babele oscena, in cui forse si recita una tragedia scritta e messa in iscena da lui». Dico, forse; non è certo nè meno il Bergsonismo dell'esistenza del Trascendente. Così, noi seguendo l'istinto, saremo delli ignoranti illuminati dall'istintiva intuizione; la quale è uno scherzo, uno svago, un caso, un giuocare a rincorrersi, perchè tutte le idee *sono in sè*; non vi ha categoria, non rapporti, e, sopra tutto, l'Io è nudo, se deve essere libero: non pretendendolo, perchè repugnasi al vuoto, l'Io sarà sempre una Menzogna. E tutto allora a che pro?

Risorge armata la contradizione: ma il Bergsonismo è il sistema della medesima! Utilissima anch'essa: anzi, se non esistesse, almeno in filosofia, — in politica sì un deputato porterà rosso, semplice eletto dalla nazione; ma nero quando ministro, — e nel matrimonio bene assortito di convenienza, come si potrebbero sfruttare i suoi magnifici prodotti?

È necessario costruire edifici di chiacchiere e di vento: son quelli, che, compressi in volumi, pagina per pagina, coll'intontire l'editore, la critica, il pubblico, ti fan vivere: più dici e meno spieghi; e tutti li allocchi abboccano:

«Ritornò l'età dell'oro

anche pei filosofi».

È fatale: l'Ebreo è indelebile: di costoro solo Spinoza, a mio parere, ed Heine hanno saputo spogliarsi dal loro abito semitico. Il più sfortunato fu Otto Weininen, il quale si suicidò perchè, abiurato Mosche per Cristo, s'accorse che i Cristiani non lo avevano minimamente riconosciuto come filosofo: oggi, Bergson continua l'opera di Scelomô o Salomone, foggiando, dalla sperimentalità illuminata della intuizione, non una serie di nozioni, ma un rosario di precetti: Talmud.

Dove se l'è fumata tutta il nostro Cristianesimo, che ci foggiava l'anima al sacrificio, alla rinuncia, all'eroismo, se, proprio li Aria ultimi, vengono ad essere insegnati da un Semita, che, per quanto Europeo, non può dimenticarsi della sua razza? È questo il neo-idealismo dei giovanetti, i quali fanno rendere anche il proprio capriccio, mentre si dichiarano sempre irresponsabili? Bisognava proprio che un Ebreo insegnasse di nuovo la *Via alla chiesa* ai nostri bamboccioni di vent'anni, che anelano *sport*, ricca moglie, considerazioni a buon mercato, colonie sanguinanti in Africa? E codesti bamboccioni italiani, che ribalbettano Bergson sulla fede dei loro professori, codesti individui di razza schietta latina non hanno vergogna d'aver per arcimaestro un giudeo, e giudeo di nome anglo-sassone, se la parentela non isgarra — Berg-Son *figlio di monte* — e di accattare da lui la dottrina del meglio vivere, lasciando cadere in discredito le nostre autoctone filosofie, gloria e bellezza italiana a cui tutti hanno attinto per rinfrescarsi il Buon Senso: e si chiamano poi Nazionalisti! Mai più, mai no! Siete li sperperatori del maggior bene nazionale, della Coltura, perchè, non impiegandola, la lasciate oziosa ed impedite che li altri l'usino; non capite, che, impoverendovi l'intelligenza, siete tutto poveri, e non vi gioveranno mai, anzi vi saranno dannosi i bicipiti rigonfii di lottatori ed i garretti allenati alle maratone, perchè non avranno il Padrone intelligente che li metterà a Governo, secondo l'utilità razionale dell'uomo, che non si trova intiero nelle braccia, nelle gambe e nell'inguinaja?

E cosi, con Bergson, proclamate un *Primato* per il vostro efficiente neo-idealismo?

Quando al punto si presenta

Otto Weiningen.

Costui non fu un giovane banale; ma la tragedia che culmina la sua vita ci indica, che fu un giovane non fornito di quelle doti per cui ci si fa filosofo. Il suo idealismo aggressivo, la sua passione metafisica, gli fanno ingaggiare una battaglia, che colle sue forze mentali, non avrebbe potuto vincere mai. Il suo trascendentalismo, che non conosce abbastanza la scienza, lo fa perdere ad ogni combattimento che azzuffa colla filosofia inglese, cui poco conosceva: a ciascuno di quei filosofi, cui rivide le buccie, non è degno di allacciar le scarpe. Originalità? Nell'aggressione: male infarinato di scienze sperimentali ed esatte, si mette ad osteggiare la Scienza: la sua maggiore originalità consiste nell'essere un mezzoignorante, che, a furia di dirne, qualcuna azzecca. Per ciò, quell'altro mezzo colto di Strindberg può giudicare di un suo libro, *Geschlecht und Charakter*; «Un'opera formidabile, che ha risolto il più difficile di tutti i problemi. Io la invocava; costui l'ha costruita. Ecco un uomo!» Un povero uomo! Non ha saputo continuare a vivere. E questa è la massima delle sconfitte.

Otto Weiningen nacque ebreo da ebrei; fu troppo presto illustre tra li studenti; sognò strane superbie; fu oppresso dai suoi sogni; inquieto, ammalato non trovò mai letto comodo e soffice a sè adatto; si tormentò, e, ad ogni tentativo, tornava sempre più nelle tenebre; si esasperò, non ebbe al labro che l'ingiuria. Per quanto gridasse, nessuno, o ben pochi, l'intesero. Fu questo silenzio che l'uccise. Essere vilipeso, ma sentire dall'odio altrui che si vive. Nessuno rispose. Ed incominciò ad odiare sè stesso. Otto divenne il suo proprio divoratore.

Odiò sè stesso, perchè era un ebreo. L'Ebreo, la Donna, l'Inglese rappresentarono per lui, i senza spirito, i pratici; il principio feminino per eccellenza, coloro che non sono capaci di astrazione, di infinito, perchè il proprio del cervello umano — a suo avviso — è ubriacarsi di metafisica e recerne. *Tutto ciò che è basso è feminino*: ed egli, che aveva creduto di essere tra i dominatori, constatò che non era che Femino.

La sconoscenza dei rapporti gli impediscono di costruire le armonie logiche del suo ragionamento. *Femina* eguale *Materialismo*: *Ebreo ed Inglese* eguale a *Femina*: tutto qui è passivo. Non esistono che i *Supremi Spiriti*: essi furono e sono e saranno per l'eternità identici a sè. S'incarna l'Ogdaode gnostica: Il Padre per eccellenza crea, in possibilità d'evoluzione: «Ecco l'Uomo!» S'egli sa coltivarsi sarà l'Eroe, il Genio. Facciamo una farcita di Platone, Plotino, Sant'Agostino, Kant: quel cibreo l'avvelena.

Non vi ha che lo Spirito: afferma, chiede, vuole; è lui solo che può realizzare, in quanto è capace di realtà soggettive. Per ciò, deride il metodo modesto de' filosofi dell'esperienza, che vanno dal particolare al generale, e non giunsero che a stabilire delle vaghe fluttuazioni generalizzatrici. Weiningen ha trovato la *coerenza* e la *costanza* nelle leggi sopra individuali della logica e dell'etica; *dedurrà dal generale* al *particolare*. Invcrtc il proccsso: da un suo *presupposto intuito* — quale sicurezza può avere egli? — cioè dal suo preconcetto, rifabrica il Mondo. Il Dio, che lo svolgeva, era il suo Dio — Weiningen, rispettabile come ogni altro Dio — Ebreo, e durò in lui e fu di lui, finchè non vide chiaro. Da questa Entelekeia leibnitziana discendono i suoi Tipi: agitate idee platoniche, simboli che si concretizzano: qui il Maschio, là la Femina, «la Femina che non possiede segno, perchè è estranea all'*Idea*, che non afferma, nè nega; che non è morale nè amorale; ma è senza scopo, è illogica, è niente». Anche la patristica un dì sostenne che la Donna era un Animale, e perciò, il veicolo più facile con cui il Dimonio s'accostava all'Uomo per condurlo a' suoi fini. «Bisogna liberarsi dalla Femina» urla Weiningen: «bisogna uscire dal proprio Io sessuale». Di fatti, si uccise senza aver amato mai. Fu un tragico egoista.

La società, il mondo, continuava, sempre senza citarlo, a dargli torto; Weiningen vaneggia. Rivive Faust: rivede il cane, questa volta nero, che fuma luce, nel crepuscolo. Perchè si è imbattuto in lui? È il cane che ha prestato il suo corpo a Satana: il Cane che sfolgora rosso, tutto nero. È lui, il mondo; è il simbolo del delinquente, o di chi giudica e condanna il malfattore? Fugge nella sua camera: scrive: «La luce non fuma. Tutto fuma. Nero antimorale, nulla assoluto; carbone; diamante; come opposto, rappresentando qualche cosa di completamente trasparente; trasparente come un simbolo morale; importanza del contrasto in psicologia: carbone, diamante». Se accorge questa pagina uno psichiatra, incomincia a crollare la testa.

Avrebbe incominciato a sospettare di lui il dì, che, credendo Weiningen di maggiorarsi presso la maggioranza dei cristiani suoi compatrioti, *elesse il battesimo*. Il Sacramento, che, lui kantiano, riceve senza sorridere, spera lo liberi dal Dio de' suoi padri. Un Dio caccia l'altro: ne ebbe invece due in corpo: e perchè l'uno era Jehovah e l'altro Kreistos, inflessibili, irriducibili, lo piegarono a distruggere quel corpo, la sua vita, che li conteneva, li incatenava in divorzio, pur mangiando alla stessa tavola, dormendo nello stesso letto.

Otto, quale disperazione! Si addentava le mani, se udiva uggiolare un cane alla luna, verso cui esalavasi il gemito dell'anima sua scomposta:

«Ah no, non inventiamo più sistemi;

riposa, mia testa ferita:

e mani, sì, le mani leggere,

le mani leggere di madre,

di fidanzata, o di amante

oh, ti rinfreschino, oh, ti carezzin la fronte!»

Ritornerà egli alla Femina? Sarebbe egli il Femino abborrito: non potrà mai, mai più abolire dentro di sè l'istinto, il marchio della sua razza? Egli si odia. E chi avrà mai le mani così fresche e così pure e così candide da addolcirgli la febre, da fasciargli la fronte ferita, da non macchiarsi mai, nè meno col sangue che ne geme? A che gli giova l'abbiura? È oggi la sua comunità che lo schiva: il Cristiano gli domanda più del battesimo, prove, sicurezze. «Tu puzzi l'Ebreo; le nostre narici delicate ti denunciano a distanza».

La razza è indelebile! Nietzsche che l'ha pur stregato, lo beffa dell'atto del suo Iperuomo: gli sghignazza: «Con me, mai più!» Niezsche allucinato e monomane, che voleva essere Imperatore, Cesare!

André Spire racconta che, la vigilia stessa del giorno scelto alla morte, l'amico di Weiningen, Lucka gli aveva detto: «Mille giovani ti acclamano, ammirano la tua mente capace di sintesi, costruttore di sistemi. Il tuo libro è impeccabile — l'uomo che manda in frantumi il mondo per costruire una sua piramide colle rovine — ecco il filosofo». — Ascoltò Otto: «Bella frase» rispose «Ma s'io sento dentro di me, senza tregua qualcuno che mormora: La piramide rovina, la piramide crolla?»

Allora, Otto Weiningen, a 23 anni, di un colpo di pistola mise in pace Jehovah e Kreistos, sè stesso col mondo; fece tacere il ritmo del suo cuore che non era mai stato persuaso della necessità d'essere un ebreo, della fatalità di non poterne uscire. Uccidendosi si era fatto parricida.

Paul Adam, sotto il nome di *Maurice Léon*, aveva già, dal 1900, istituito un suo eroe di questo tono; similmente l'aveva fatto morire per incompatibilità metafisica. Maurice Léon, equivoco ebreo può aver lasciato un suo calepino di memorie: *«Le livre du Petit-Gendelettre»*, ma Paul Adam certamente, lo ha reso degno di accumunarsi al *Werter*. Maurice si lagna «dell'anima sua metodica e bottegaia» — sente che si altalenavano senza soluzione, in lui, le crisi in cui tre o quattro obbiezioni e contro obbiezioni sorgono inopinatamente, simultaneamente, per cui egli nega ed afferma! Tutte le possibilità vi hanno il passo. «Ei si trova come in una camera dalle pareti di specchio: in ogni luogo si vede, in ogni postura, sempre Sè, impicciolito, qui pallido, là, di faccia, di profilo». — Maurice vorrebbe gridare a se stesso: «Arresta l'opera tua! Perchè pensare? Perchè volere?... Perchè non hai tu goduto?... Perchè non tieni ed agiti, facendolo fischiare, il giunco flessibile alla moda, tra le mani: non accarezzi le donne; non fai pompa della solita indifferenza?... Perchè non vuoi essere un chiunque banale?» Ma torna a ripetere: «Che la vita sia il Mistero! Che l'inesprimibile scoppii. Voglio ciò che non è ancora stato!»

Egli si uccise perchè la sincerità assoluta si rifiutò alla ricerca della sua intelligenza.

Otto Weiningen, tragica maschera verso cui va tutta la mia pietà e spesso la mia ammirazione, ha autenticato, col gettar la sua vita alle esigenze mostruose dello spirito aberrante, la sua perfetta sincerità, il magnifico azzardo filosofico e letterario di Paul Adam, *Maurice Léon*. Comprendo come di sulle pagine della ribelle *Lacerba* Tavolato possa farsene un feticcio, costruire un'ara espiatoria, su cui sgozzare, tra rivoli di vino e profumi di rose li agnelletti delle corrive supertizioni consuetudinarie — o quanti, e biondi e belanti, ed incravattati di teneri colori di moda — per placare il Lemure inquieto di questo ebreo inquietissimo per suffragare la memoria di questo ubriaco di Spirito, del genioso creatore di una filosofia, che non accontentò, nè meno il proprio filosofo di *Geschlecht und Charakter*, di *Ueber die Letzten Dinge*. E pace non avrà mai.

Ma basta tentare, colle mani protese nel bujo e nell'umido della nebbia, queste ombre sfortunatissime, queste apparenze d'idee, questi simulacri di ragionamenti, questi filosofi del Press'apoco, frenetici di futuro. Torniamo indietro, un passo, cioè procediamo sull'altra strada diritta, consolare, inondata di sole, fiancheggiata di bell'alberi secolari, distesa tra vividissime praterie, dentro cui sinueggiano, a meandro, i più freschi ruscelli della onesta ragione: e quale andare calmo ed armonioso!

Sì; per risciacquarmi il cervello, torno a leggere: *Oeuvres choisies de J. B. Lamarck, avec une préface par Felix le Dantec*. Oh il minuscolo libretto! E bene? contiene il mondo.

III. — OSSERVAZIONE GENERALE.

Codesti, che vedemmo nomenclati, mi sembrano adunque i *Filosofi del Press'apoco*, armati del *Bluff*, quelli del minimo sforzo e dell'adattarsi alle necessità, sfruttando, colle povere energie mentali che posseggono, il massimo del rendimento nell'ambiente che li circonda. Donde, vicino al *Neoidealismo* crebbe il *Pragmatismo*.

Le loro specifiche caratteristiche sono:

insorgere contro al principio dell'autorità scientifica:

ritorno alle doppiezze dell'istinto, che essi accolgono come *la semplicità*:

assumere l'apparenza rivoluzionaria, nell'espressione, mentre, in sostanza, corrono alla reazione:

determinare un *Sindacalismo filosofico* simile a quello politico, che onesta il sabotaggio, a tutto profitto del legittimismo, auspice Sorel.

La scienza, la ragione, la logica sono completamente esautorate da costoro; il loro vanto è dichiararsi anti-intellettuali, anti-razionalisti: in compenso, si inginocchiano alla Fede, qualunque essa sia, perchè estua nel Dio o nel Dimonio; ambo crudelissime divinità richieste dall'istinto cieco, che non sa distinguere e si congloba nel terroso limo della pura animalità.

Essi, allora, non *pensano*, ma *sentono*. *Sentire* è meno faticoso e più comune che *comprendere*. Reciprocamente, in queste epoche di tramonto e di bassa intelligenza, la moda inalza sulle sue grida e veste de' suoi fronzoli la Religione: — *Religio* = Superstizione. Alla nostra poverissima intellettualità concorda l'ibridismo della Fede + la Scienza, sommato che non si regge sopra le sue cifre, le une negative, le altre positive; comunque un'altra formola algebrica di cui l'x è tuttora formidabile. Sicchè si riscavi, dalle ganghe patristiche, l'Intuizione, il maggiore e più sicuro mezzo per la scoperta della *Verità*.

Povera Verità: è sempre nuda! Io posso dire il: «Vero non può essere mai il Fatto in sè»; e con ciò oltre che autenticare la Realtà colla Umanità, conservo alla mia Coscienza il libero giuoco della sua espressione per ogni lato e profondità. Ma d'altra parte non posso affermare: *Il Vero è quanto sento*. Qui il sensismo si allea al realismo della proposizione precedente, e, qui, potrebbero star paghi ed i pragmatisti ed i neo-idealisti. — Ma io dirò: *«Il vero è il giudizio che la nostra Sensibilità, colla nostra Ragione, eccitata dalla nostra Volontà, rende sul fatto»*. In altre parole: *«Il Vero è la Natura pensata e tradotta dalla nostra Coscienza, in modo che l'individuo vi si riconosca come «l'Unica Necessità»: però che il Vero è: Il di fuori di me reale e statico divenuto il me stesso ideale e cinetico».* Di ciò i *Filosofi del Press'apoco* non si accontentano, perchè la nozione sorpassa la loro capacità, e, solendosi dire dei *Monisti*, hanno eletto il felice Momento dell'Ignoranza per ivi consistere: le loro menti, al livello di quella della bigotte e dei contadini, hanno promosso l'istituto del suffragio universale ed analfabeta, per escludere dalla direzione delli stati l'aristocrazia del cervello, minoranza formidabile, che impone, coi molti diritti, i maggiori obblighi sociali.

I filosofi del Bluff, ripetono all'invertita Gian Giacomo Rousseau: la Verità può essere il massimo dei Bovarysmi intellettuali? Ed essi, divenuti d'un tratto scettici, con sfrontata amnesia che contrasta a tutte le loro premesse, *dicono di sì*; giacchè la confondono col veramente massimo de' Bovarysmi passionali e metafisici, come i teologi, con Dio.

Povera Verità che è fuori di noi! Ma fuori di noi non esiste che l'amorfo, il discreto, il confuso. E quale contradizione! Amorfo Dio!! Vero è che i *Filosofi del Terzo di Filosofia* vivono nell'assurdo.

Naturalmente, costoro non credono di trovarsi in questa caverna cieca, senza apertura sul cielo, nè passaggio per le viscere della terra, donde tentare il volo, o ricercarsi lungo cammino ipogeo. Per istordirsi, nell'oscurità, fanno rumore e canti profetici. Mille sono i Messia che si incantano alle illusioni, che incantano col nuovo verbo: tra questi è quello del Futurismo.

Scarsi i mezzi di propaganda intelligenti e garbati, per convincere altrui, han la *Demagogia*: per eccitare loro stessi l'*Intuizione*, che sempre rinasce. È questo Centro del loro sistema.

IV. — COROLLARIO CHE PUÒ GIUSTIFICARE ED AMMETTERE LA «INTUIZIONE».

Per dare una definizione esatta dell'Intuizione non è lecito affidarsi alla etimologia: quella è verbo miracoloso, chè, per l'appunto, significa l'opposto di quanto le ragioni glottologiche vorrebbero.

Intuizione da intus-ire, andar dentro: siccome si tratta di una operazione del pensiero, *andar dentro col medesimo*. Andar dentro sottintende *una volontà*, in ogni modo l'*animus*.

Ora, invece, l'Intuizione è bensì un atto psichico ma abulico, irriflesso, spontaneo: che, se fosse voluto, si confonderebbe con qualsiasi altro atteggiamento del ragionare. No: l'Intuizione — che va dentro e fruga e sa, dopo aver giudicato, — secondo la sua etimologia — è sempre stata considerata come un *quid* d'inspirato, come un azzardo della Grazia, come una subitanea illuminazione concessaci dalla Provvidenza e si oppone a *Ragione*.

Siamo quindi davanti ad un fenomeno verbale nuovo, in cui si manifesta subito la trascendentalità, e cioè l'assurdo. Qui vi è il dito di Dio.

Vi è sempre *il Dito di Dio* nelle cose che trasformano, che, venendo al fatto nostro, sono un *conoscere-puro-sentimento*, prima, per poter diventare un *conoscere-concettuale, intellettuale, scientifico*, senza per ciò mutare la propria *natura di sentimento*! Inutile formulare la domanda: «Ma ciò come avviene? ed è possibile?». E poichè l'errore è comune a tutte le *Filosofie dell'azione*, le quali non possono abbandonare la corretta logica ed i benefizii della intellettività, ci si può far supporre che esiste un punto in cui l'*azione*, per la ragione stessa ed insita del suo svilupparsi, diventi *intelletto*. Miracolo, soggiungo, perchè ammette, nè più nè meno, che la Transunstanzazione; la quale non si verifica che al *Sanctus* della Messa cattolica, come esorcismo anche demonologico, non come commemorazione, tal quale l'aveva consigliata Cristo, in sua memoria alli Apostoli. E miracolo sia; perchè, s'io concepisco come la forza sviluppata da una cascata possa trasformarsi in luce elettrica — due aspetti di unica energia — non capisco mai come, ad esempio, una percossa — *azione* — si possa trasformare nella *idea della stessa*, nella sua *concettualità*. Al fatto, avete mai visto mutarsi in un lampo *l'agnello in lupo*? Ma non conviene insistere e passiamo oltre.

Sarà dunque destinato questo *sbocciare intenso di vita*, che voglion dire *Intuizione*, questa coscienza dell'Io profondo, questa *durata* o *permanenza* a non conoscere che sè stesso, in uno sterile ed oscuro *auto abbraccio* concentrico? No; che questo sviluppo può raggiungere, per estensione, per dilatazione, pur rimanendo *sè stesso* la conoscenza delle altre profonde realtà! E non si modificherà come coscienza? E potrà manifestarsi? E potrà parlare? Elimina a tutte queste difficoltà Bergson: «*Comunicando simpaticamente «in durata» tra noi ed il resto dei viventi, ci introdurrà nel dominio proprio della vita*»: sì ma sarà una *Vita muta*, perchè i sentimenti di antipatia o di simpatia irreflessi non possono mai commettersi coll'*intellettualità*, con un *giudizio*; donde il *sentire* si spegnerà in sè, senza voce.

Il più grande errore degli Intuizionisti sta dunque, a mio parere, nel non riconoscere che il Pensiero è in un grado di *vita maggiore* e *superiore* al Sentire; il quale, essendo tuttora nelle ganghe terrose e nei probabili difetti del *senso animale*, per diventare *concetto*, deve assorgere ad essere lambiccato dalla *Ragione*, essendo che la *Verità* è sintesi e non episodio, e però deve conoscere per *universalità*, ma per singolarità; la Verità ha in sè stessa la prova provata.

L'atto non prova l'atto, lo ammette semplicemente; indi giova anche il *Silenzio*, che può essere un altro modo per conoscere: e ritorniamo nella contradizione sfacciata.

Se noi ci accontentiamo di ciò, di sentirci, cioè, vivere, senza sapercelo provare, il che per la Nozione, la Scienza, è precisamente *un bel nulla*, riscaviamo l'*Intuizione* dal suo profondo.

Riesce l'Intuizione galvanizzata, e, dopo buona morte, dai ferrei limbi medioevali, nè viva, nè vitale.

La sua autorità gli vien conferita dal vestire strano e pomposo in cui l'involse lunga storia di errori magnifici, affibbiata da più pazza filosofia. Ed è bene rivolgersi al più autorevole e santo, l'Aquinate, che volse il materialista Aristotele e pro del cattolicesimo, diffidando di Platone, la genesi di tutti i mali, colui che insegnerà il libero pensiero e chiederà alla intelligenza la critica, con tanto scandalo dell'*ipse dixit* della rivelazione.

Chiama San Tomaso Intuizione la facoltà che hanno li Angioli di comprendere il volere di Dio e di eseguirlo senza che la celeste Potestà intervenga direttamente, tra la sua Volontà ed il fatto che ne deriva, con un atto di pura energia.

La derivazione è gnostica: l'Intuizione è prerogativa da Eone della Ogdoade, come, pneumaticamente, è ragione spiritica della Noesis: in sostanza è organo e parola metafisica.

Lasciamo allora che faccia da Eone cattolico un Santo, precisamente il mistico Frate Egidio. Tra l'altro costui ci assicurerà che questa *conoscenza superiore a tutta articolazione* è anche *muta; quod erat demonstrandum*. Udite: «Messosi in capo il santo Re Luigi di Francia di visitare i più santi luoghi della cristianità, pur volse a quello che abitava Frate Egidio. Egli esce dalla sua cella come un uomo ebro, corre all'incontro dell'altro, gli si getta in braccio: si abbracciano e si baciano fervorosamente, come tutti e due fossero legati d'antichissima amicizia; e mai s'erano prima veduti. Indi, dopo queste dimostrazioni, si allontanano l'uno dall'altro senza aver pronunciato parola, in un assoluto silenzio. E il Frate Egidio spiegò: «Carissimi fratelli miei, non stupitevi se tanto io, quanto il mio visitatore non ci siam detto nulla; perocchè, nello istante in cui ci siamo abbracciati, la luce della divina sapienza ha rivelato, a me, il cuore del re, a lui, il mio! Posti ambo davanti a questo eterno specchio, tutto quanto il mio visitatore pensava dirmi, e ciò ch'io a lui voleva, noi l'abbiamo inteso senza rumor di labra e di lingua, ed assai meglio che ci avessimo parlato colle stesse bocche».

Ciò si chiama leggere il pensiero altrui a distanza e non saperlo esprimere: di modo che Frate Egidio,

Francesco d'Assisi, che ne racconta la scena al *capitolo XXXIV* dei *Fioretti* e li Intuizionisti, avranno sempre ragione, dal momento che non sanno spiegarci e spiegarsi questo fenomeno con comprensibili articolazioni di parole, con rumore di labra e di lingua.

Nella serie delli assurdi in *buona fede* anche il presente può venire accolto, perchè, in quella delli *in mala*, il filosofo delle «*Serate di San Pietroburgo*» ne fa lauto argomento.

Sicchè anche Joseph de Maistre la sfoggia a più riprese sin dal *Premier entretien*: «*Je vois avec un certitude d'intuition et j'en remercie humblement cette Providence, que sur ce point l'homme se trompe dans tout la force du terme et dans le sens naturel de l'expression*». — *Optime! L'homme se pipe* a non credere al libero arbitrio: il *pipe* è da Montaigne: il quale, anche rispetto al de Maistre, aveva già sorridendo concluso prevedendo: «*L'homme se pipe: il est dupe, de lui même!*»

Nè si accontenta; l'altro proclama: «*Ed io sono intimamente persuaso che il sentimento generale di tutti li uomini, forma, per così dire,* delle verità d'intuizione, *davanti alle quali* i confini del ragionamento spariscono!»

Qui, l'opposizione è manifesta tra *ragionare* ed *intuire*, e quest'ultimo verbo acquista la sua funzione specifica ed ostile contro la logica. Stendhal! Urlate forte contro i *Teiès*: «da lo - gi - que!» Siete voi, M.ʳ de Stendhal, che non avrete torto; — sicuro: le verità intuite dal de Maistre, che sono le verità rivelate dal Cristo, sono anche le uniche esistenti e possibili, per cui la Fede è il mezzo migliore per conoscerle e possederle. A che l'indagine e la speculazione? Preghiamo.

Il che sarebbe, se la Scienza ci facesse toccare con mano la necessità dell'assurda pretesa; se il Mistero fosse da noi posto a ragion prima cosmica; se ci fosse possibile riammettere alli onori mistici dell'altare filosofico, come corollario, l'Errore sotto forma di Dio uno e trino, da cui promane, consacrandogli, pontefice massimo di virtù infallibili, Joseph de Maistre. — Ma l'avventura di codesta anabasi è impossibile.

Impossibile? — Vi piaccia leggere quanto dice *Dom Bruno* l'oblato — o meglio al secolo l'Abbè Charles Rivière — dell'*En Route* di Huysmans: «*Oui, le bon Dieu m'accorde parfois des intuitions*».

In fatti, tomisticamente, non si può parlare d'Intuizione se non si ammette il buon Dio, come gnosticamente non vi è Intuizione senza l'ordine delli Eoni. Ma se Dom Bruno era elegantemente lioco, tal quale de Maistre, non so se come lui lo sia Bergson, che confonde Dio colla Evoluzione, la Possibilità col Fatto.

E pure, per sottigliezza di ragionamento, anche per eccessiva ricchezza sofistica, si potrebbe sanare, scientificamente, il concetto dell'Intuizione come mezzo alla scoperta della Verità, sorgendo alle conclusioni sperimentali, qualora quella si intendesse come un atto dello istinto psichico.

Vediamo: come esiste l'istinto fisico, così dovrebbe ammettersi l'esistenza di quello psichico; è questione di *gradi*, però che sono *due modi di vita*. Tanto l'uomo che il bruto posseggono similmente e l'intelligenza e l'istinto.

L'Intelligenza è un sentimento riflesso e ragionato: L'Istinto una impulsione spontanea, irriflessa che risponde, con un atto ugualmente irreflesso e spontaneo, applicato generalmente a difesa — *self-defence* — in reazione od in correlazione a cause esterne.

E l'Intelligenza, l'Istinto e la Volontà sono il nocciolo della Coscienza individua sia nel bruto che nell'uomo; coscienza cha varia di tono e di grado, perchè non è ammissibile vivente privo affatto di questa. Tutt'al più, nel bruto, la Volontà sarà costituita da *un potere* o *non potere* mancipio di reazioni la maggior parte delle volte dipendenti da cause organiche e materiali. Però che al bruto mancherà, o non ha ancora acquistato, la facoltà di poter *conoscere per sè* senza previa esperienza un fatto nuovo, o sia una nuova verità; non possedendo egli l'*istinto psichico*, prodotto di evoluzione cerebrale, cioè la *Intuizione*; la quale scatta a richiesta di una domanda automaticamente, ad illuminare la coscienza umana oltre e fuori le prove e le esperienze *perchè è obbligo alla intelligenza umana di rivelarsi in quanto le è tuttora oscuro*.

Così è obbligo all'Angiolo tomistico di sapere il pensiero ed il desiderio di Dio, senza che Dio li esprima, essendo nel Plerome una delle categorie animiche più vicine per struttura alla Ragion prima, al Noos completo, ed intermediario tra l'Idea e l'Uomo, determinatore di realtà.

Similmente, non potete negare la possibilità metafisica di Joseph de Maistre di essere illuminato *dalle verità d'intuizione, davanti alle quali i confini del ragionamento spariscono*; nè, logicamente, opporvi a che Dom Bruno *non creda* che sia il Buon Dio che lo rischiari avec des intuitions. Ma è semplicemente assurdo che un Bergson, il quale odia la Ragione, pel semplice fatto di non saperla più usare a tono, dopo di aver consumata tutta la sua esistenza in prove di gabinetto, si metta oggi a gridare! «*L'esperienza non giova: mettiamoci a giuocare alli indovinelli: noi scopriremo il Mondo col metodo di Edipo, cercando d'azzeccare un concetto dopo l'altro, per mettere d'accordo la nostra curiosità con quanto ci circonda*».

Ma, pur troppo, non è più tempo d'Angeli gnostici e tomistici, nè tanto meno La Grazia giansenista discende, pregato Pascal geometra e matematico, a rendersi capaci della visione *completa* dell'Ente. Noi non abbiamo qui che il povero *istinto psichico*, che non è così certo come l'*istinto fisico*; ed io non fido in lui, che, o per avvisarmi, o per avvalorare la mia scoperta ottenuta col ragionamento.

Chiacchiere alessandrine, direte: non tanto che le possa regalare, come motivo, ai tedeschi; perchè in qualche dì di nebbia e di lenta digestione le creda degne di un trattato *ad hoc*. Quanto a noi riponiamo l'Intuizione, coi ferri vecchi delle categorie, delle idee innate, delle rivelazioni, tutti mezzi che servono, all'infuori della Logica, empirici; però che la *Metafisic*a è l'*Empirica intellettuale per eccellenza*; e diremo, per circoscriverne l'azione e la portata.

L'Intuizione

è il campanello d'allarme, che indica squillando: «*Sei sulla buona strada*»; non definisce, accenna, precorre: l'ufficio suo è d'avvisare la Ragione. Una Filosofia, la quale si fonda semplicemente sulla Intuizione, è troppo vicina alla Fede. Poco corre tra *Rivelazione* — tentativi esasperati dell'orgasmo e della passione a conoscere — ed Intuizione. Sicchè la Verità che l'una e l'altra, per caso, a favore dell'azzardo, esprimono, saranno soltanto quando la prova del razionalismo e della esperienza scientifica le avrà autenticate.

Dopo ciò possiamo sostenere che l'Intuizione è un elemento nè utile, nè più spiccio da impiegarsi nella ricerca del vero: e bisogna rifuggire tutto quanto complica e ritarda, con spendita di maggiore fatica, tanto le operazioni del muscolo, come quelle della mente: il successo che se ne ottiene ha minor valore del lavoro impiegato per produrlo, quando non si riduca ad essere una dannosa inutilità, contagio di errori ridicoli. È seguendo una sua propria intuizione che Antonio Rosmini, in pieno secolo XIX, giunse a proferire l'assurdo: «Il fanciullo, non acquista *l'anima razionale* che a sette anni!» come un teologo della Sorbona del 1200, come un Manicheo! Proposizione così enorme che perfino la Chiesa inorridì e la condannò tra quelle sessanta, che formano il vanto dei preti liberali, ma che non testificano del loro buon senso.

V. — CRITICA AL PRECEDENTE «COROLLARIO».

S'io ho compreso l'Intuizione, come vedete, non ne userò, nè tanto meno le assegnerò un primato od una esclusività. Non amo l'asma e li asmatici: mi tirano il carro con gemiti e sforzo; e noi di corsa, cantando.

Siamo per ciò diritti ed asciutti. L'abbondanza e la sovrabbondanza romantica non ci soddisfa, può stordirci; ma, una volta che quell'organetto di Barberia ha finito di distribuirci, mecanicamente piovorno e patetico, le sue stucchevoli melodie, è come se non le avessimo mai udite. Noi siamo inoltre sobrii, non come i domestici, virtù che solo apprezzava in loro Victor Hugo, ma come un poeta che non vagabonda stravagando.

Per questi odi ed amori, che formano il nostro Carattere, ci sia lecito dire senz'altro: «*Il pensiero speculativo italiano non aveva proprio bisogno, per trovare qualche cosa di più, di esumare i mezzucci del tomismo, di accattare, d'oltre l'Alpi, lo spirito di reazione anti-democratico — e, nel tempo stesso non aristocratico, ma demagogico, perchè adula l'ignoranza — e, da Bergson, il disprezzo per la razionalità*».

Eravamo noi così poveri da imprestare da un santo del medioevo e da un ascetico ebreo del secolo XX? Gli è che siamo semplicemente astiosi, supponenti e dimentichi, quando non vili come asini, restii come muli.

I nomi coi quali ho incominciato la *Pregiudiziale*, Carlo Cattaneo, Giovanni Bovio, Giulio Lazzarini, mi ritornano a battuta nel conchiudere; sicchè la nostra pitoccheria morale è maggiore; perchè, avendo sotto mano i mezzi filosofici che queste genialità ci avevano commesso non li usavamo, e, quanto è peggio, non abbiamo creduto di possederli.

Essi ci avevano tracciato una bella strada consolare, sulla quale non si avviarono le nostre falangi armate, le nostre opime salmerie; il suo battuto si disfece sotto la piova; l'erba, il loglio, la gramigna lo ricopersero; il tratturo laterale gli invase i margini: steppa arida e via si riconfusero, uguagliandosi; capre e montoni meridionali vi brucano. Questa è la ricchezza: dove questi ostinati cornuti fessipedi ricompajono, cessa la civiltà, il libero scambio, la velocità, il presto agire: qui, i nomadi pastori — che credono di essere liberi, perchè vagano colle gambe, ma hanno incatenato il cervello e lo spirito — non sentono il bisogno della Libertà. Quando cessa questo stimolo l'Uomo interno è morto; il Prete può dire «È Salvo»; quei certi Filosofi neo-idealisti di cui sopra: «È Felice». Sì l'uno che l'altro lo debbono però provare e non lo provano.

Noi, invece, faremo rendere a Carlo Cattaneo con interesse usurajo, tutto quanto ci ha legato in eredità e specialmente in questo travaglio laboriosissimo per cui tutti li ostetrici e le mammane brevettate concorrono al parto difficile per dotare la così detta terza Italia di una filosofia degna del suo passato, del suo presente, del suo avvenire, de' suoi destini. Ai nostri tre grandi si preferì Benedetto Croce; ma popolo di lazzaroni superstiziosi elegge a sua imagine e somiglianza e chi li rappresenta e chi li istruisce. Ahimè!

Possiamo dirgli che per integrare i metodi ed i mezzi del conoscere non ci era lecito, pena lo squalificarci, ricorrere altrove, e la prova è quì evidente sotto li occhi nostri, portataci con petulanza insolentissima dal primo liceista che incontriamo: «*Metodo Croce*» — «*Metodo Gentile*» — «*Metodo Comparetti*» — «*Metodo Acri*» — «*Metodo Gemelli*» — metodo da somieri — metodo da vagabondi — metodo da sgobboni — metodo evanescente — metodo salesiano!

Carlo Cattaneo

Carlo Cattaneo, caduto nella dimenticanza di coloro che non lo meritano, ci protese «*L'antitesi delle menti associate, come nuova carriera di ricerche*», e ne aveva letto una memoria all'Istituto di Scienze Lettere ed Arti, in Milano, nella Adunanza del 12 Novembre 1863; sì che il miglior ragguaglio d'essa ci dà un prete, anonima bocca, il quale le si scagliò contro con un interessante ed odioso opuscolo: «*Pensieri filosofici sopra un Discorso del Sig. Dottor Carlo Cattaneo, letto nell'Istituto di Scienze Lettere ed Arti in Milano, nell'Adunanza del 12 Novembre 1863, Milano, Tipog. e Libreria Arcivescovile, MDCCCLXV*».

Vi invito a leggerlo, vi divertirete, e, nel medesimo tempo conoscerete l'importanza formidabile e capitale, contro la superstizione — come forma di Fede e di Governo — della filosofia del Cattaneo, che, quì, ha raggiunto la sua maggior potenza ed espansività.

Che è il Metodo delle Antitesi delle Menti associate? Come dottrina, ha contatto coll'altra promossa da Bianca Milesi dei *Mutuo Insegnamento*; come espressione programmatica, è una conquista, direi scoperta, saviamente democratica nel campo chiuso della Filosofia. Ho detto *democratica* per farmi intendere col suo giusto valore di «*rivoluzionaria aristocratica*».

Si accolga l'Antitesi come *metodo di psicologia sociale*, donde si tragga anche *un nuovo principio per leggi, per governi, per religioni*: ed è precisamente «*quell'atto razionale, col quale uno o più individui, nello sforzarsi a negare un'idea, vengono a percepire un'idea nuova, però che spesso la catena delle antitesi è una serie di analisi parziali, per cui, le parti delle analisi comuni, dividendosi, aspirano a conquistare d'un abbraccio l'intero circolo della sintesi universale, o almeno, la soluzione di un medesimo problema*».

Tornava dunque la filosofia ad uscire per li Stoa, a passeggiare per i giardini d'Academo, a sedere sotto il Platano socratico; Socrate più che altri tornava a rivivere e ad interrogare instancabilmente, l'allievo, il passante, il porcaro, l'etèra, il milite, il giovanetto, il suo amico sapiente, il mercante, lo Scita, il Persiano, tutto il mondo e le cose di tutto il mondo. Tutti rispondevano errori e verità; a Socrate importava, e solo a lui, *abbracciar l'intero circolo della sintesi*; ma ciascuno de' suoi interlocutori aveva cooperato a portargli una favilla di verità tra molta cenere e carbone; ed egli l'aveva scorta, l'aveva separata e scelta; l'aveva aggiunta, colle altre minime, in una sola luce; la lucerna della sua filosofia era divenuto un sole.

Non vi par dunque che Carlo Cattaneo avesse fuso tutto su una scienza nuova: *la scienza del pensiero nuovo*: quella che egli regalava, con amore di discepolo, al Romagnosi maestro, ma che solo lui aveva concreta? Così, se Ferrari, seguendo Cousin, aveva voluto mostrare come i genii, quale Vico e Romagnosi, siano l'interprete, il compilatore, il rapsodo dell'epoca ed i rappresentanti dello spirito e della civilizzazione d'una nazione, Cattaneo afferma: «*Il genio è una delle forze vive che la natura dona, in una scarsa misura, a certe nazioni. Non è un sistema, che si fa uomo, ma un uomo mirabile, che si fa sistema*». E Cattaneo, esplicando il maestro, dipingeva sè stesso e contemplavasi.

Che cosa volevate di più piano, di più fresco, di più logico, di meno faticoso di codesto impiego delle nostre attività psichiche nella ricerca del *vero*? La Discussione. Egli, dopo Cartesio apriva a tutti, restituendo loro il diritto manomesso e confiscato dalla Patristica, di intendere e di giudicare, come ai tempi della libera Grecia: e, per quanto Vico ed Hegel fossero decorsi dalle due sublimi esagerazioni di *Cartesio* e di *Condillac*, se pure intrapresero l'*Ideologia della Società*, al dire di Cattaneo, non risalirono a descrivere i *nuovi modi d'azione* in cui la società poneva le facoltà dell'individuo; non risalirono sino alla *Psicologia della Società*.

Ripetiamo, dunque, con l'autore nostro che: «*L'Antitesi delle menti associate è quell'atto, col quale, uno o più individui, nello sforzarsi a negare una idea vengono a percepirne una nuova*»;

ma riflettiamo ancora che:

«*significa pure quell'atto, col quale, uno o più individui, nel percepire una nuova idea vengono anche, inconsciamente, a negarne un'altra*»;

sicchè:

«*le parti delle antitesi comuni, dividendosi, aspirano a conquistare, d'un abbraccio, l'intero circolo della sintesi universale, od, almeno, la soluzione di un medesimo problema*».

Di tal modo egli agitava tutta la scienza; svegliava tutti li interessi: a lui non sfuggì nessuno di quelli argomenti che hanno viscere; si trasformò di volta in volta, in matematico, in letterato, in giurisperito, in istorico, in glottologo, ed, in tutti i suoi aspetti, infondeva le vivide unità delle sue svariate apparenze; per lui, ogni scienza è un vasto pensiero, e la fusione delle scienze genera il Pensiero del Genere Umano, avendo precorso, con volo pindarico, pur il «*Cosmos*» di Alessandro Humboldt. E, mentre che in Francia lo stile dei manuali scientifici diveniva volgare, e, per frangerne i postulati al popolo, snaturava la dottrina, egli creò all'Italia la lingua nuova scientifica, avendo connaturato l'indole sua estetica con quella di Parini e di Foscolo; sì che parlò alla democrazia con nobile porpora tribunizia.

Oh, con lui andava chiunque avesse idee: ogni scienza deve generare un'arte; ogni scienza è una forza; il posto dell'Idea è il posto dell'Uomo: ritornavasi al *Metodo delle Antitesi*; alle *Menti associate*. «*Il Genio è un Uomo mirabile che si fa sistema*».

Carlo Cattaneo, in pieno secolo XIX, aveva raggiunto Eraclito, invano rincorso da Hegel, sempre sfuggitogli. Che volevano di più li Italiani, come fondamento di dottrina speculativa; che altro, come certezza provata di risultato? Delirarono per la Metafisica: Hegel, ripassate le Alpi, ci infestò delle sue nebbie; la golosità del successo pronto e senza scrupoli, si richiamò allo James: costui lampeggiava. Nuvole, tuoni: burrasca da teatro mecanico: intervento della Provvidenza. Era caos di fuori e di dentro la coscienza italiana; se ne approfittarono i vaghi di novità, sorte senza fatica, per caso, *giuocando ad indovinare*; una bazza per i Croce: *la coscienza dell'universale* era sottosopra; si era ritornato al tempo *delle Genesi*; tutto doveva essere creato per atto, od intenzione divina; anche le conoscenze nostre dovevano derivare dalla oscura illuminazione intuitiva.

Il Ragionamento? Baje! Era il precipuo Errore della Menzogna. I Salesiani possono avvicendare, colle loro gesta deretane, l'onore, coi Cappuccini, di presentarsi in sulle trincee di Tripoli alle palle del mauser beduino. Oh, avesse questi colpito meglio nel segno, contro le tonache templari. L'Italia, la vera Italia, non la regia, nè la papista, nè la universitaria, nè la parlamentare, sarebbe ai Mauri delle Sirti profondamente grata.

Giovanni Bovio.

I parrucconi dicono, sorridendo: «Un confusionario; dove è il suo sistema? — I Futuristi urlano: «Un fossile!» Sì, ma che dà fiamme!

Sistema? Il Naturalismo. Se lo erano scordato. Giovanni Bovio applica l'*Antitesi delle menti associate*. Se il padre Secchi, nella *Unità delle Forze*, rinnova la sua materia rivoluzionariamente, come il Cattaneo, e scrive: «*Resta a riconoscere*» interne «*quelle forze di natura ed a ridurle a legge reciproca*», il Bovio si vale del suo postulato per la Reciprocità. Il Monismo gli si affaccia rubricando, oltre le nubi scettiche.

Udite: «*Dall'unità della legge universale, che è negli altissimi cieli e nel profondo della terra, che muove il sole ed il granello di sabbia, che giace nel corpo e vive nello spirito, deriva il Bello il Giusto e l'Uno, che convergono in un medesimo centro, che si immedesimano nella stessa legge. Come maggiormente il mondo fisico si va scoprendo, più splende la necessità geometrica che lo governa, ed i miracoli, che violano questa necessità, non trovano più luogo nella natura: così, meglio scoprendosi il mondo civile, più appare la necessità etica che governa le nazioni; e l'arbitrio, che viola quella necessità, non trova più luogo nelle civili compagini; perocchè l'arbitrio è il miracolo civile, come il miracolo è l'arbitrio naturale*». Bovio aveva sorpassato Comte ed Herbert Spencer, in quanto positivisti, non dell'evoluzione, ma di quella fase regressa, in cui tutto ciò che essi intesero come *Positivismo*, non fu che mera *Metafisica*.

Udite: «*Guai all'uomo che osi mettere il piede prima e fuori delle cose. Avrà ingegno, avrà ardimento, ma non avrà fortuna*». Eppure l'Italia nazionalista ha messo il piede prima e fuori d'Italia! Quanto a noi Democratici: «*La Democrazia non proclama nè Dio, nè la Dea Ragione, ma la libertà di coscienza, che, praticamente, ci conduce allo stato laico. Noi dobbiamo annunziare l'alba del nuovo giorno; cioè prendere il potere alla prima occasione e trasformarlo».* Chi ha osato far ciò, salito in fortuna, ministro di principe?

Udite: «*Gli spasimi fecondi dell'anima ribelle erano espressioni della necessità che veniva contemperando il diritto col dovere, raffermando l'integrità etica dell'uomo. Tale fu l'intelletto di Mazzini, tale il significato della Repubblica Romana del 1849, miseramente combattuta dalla repubblica personale di Francia».* Ed a voi Giovani questo:

1. — «*La Democrazia va concepita come una iniziativa continua di qualunque progresso. La Storia restituisce agli iniziatori i successi ottenuti*».

2. — «*Armonizziamo l'unità colla maggiore autonomia dei municipii e delle regioni; connettiamo il problema politico col problema sociale*».

3. — «*La Gioventù deve schiudere l'animo alla fede e smettere i facili sospetti. La Democrazia conta ingegni elevati e caratteri integri*».

Giovanni Bovio ha vissuto assolutamente fuori di qualunque dubbiezza, colla certezza che la Repubblica potesse svolgere l'unità geografica dell'Italia nella unità delli Italiani.

Giovanni Bovio non ha mai confuso Poeta con Scienziato; non li ha mai però opposti, antagonisti. Nel Genio, comunque, avrebbero culminato, come Filosofo, in quanto la sua *Fede* non era antietetica alla sua *Ragione*. E può dire: «*Può l'Arte antidivenire alla Scienza e rappresentare tante questioni non ancora risolte? Questo è sempre stato il processo del Pensiero. L'Arte intuisce, la Scienza conchiude*». Sì; intuisce nel vero senso di andar dentro, con deliberata volontà di far chiaro, di eccitare la luce, di accendervi scintille. Ed i miei Intuitisti sento presso a parlottare e ridere: «Un positivista che viene a cercar la carità da noi: un materialista che ricorre alla intuizione?!» Qui non vi ha contradizione, perchè il Poeta non è il Prete, nè tanto meno lo Scienziato viveva vendendo li specifici del suo gabinetto. Solo il Filosofo, perchè spoglio d'ogni attributo d'utilità immediata, poteva riassumere, col *Cristo alla Festa di Purim* la Poesia e la Dottrina, in un fascio di rose e di spighe; e di quella porpora e di quell'oro vivo, donde riescono sangue e carne, regalarci, senza chiedercene mercede.

Perchè Giovanni Bovio è un idealista; perchè sa che l'unica nostra certezza è l'Idea, esprimendo la quale, noi viviamo colle nostre maggiori energie e rappresentiamo il mondo. Non è un *neo-idealista*: costui procede da Hegel, che dice tuttora l'opposto di Bovio. Quello ritorna alla schiavitù, larvata sotto il nome di comunismo ed arriva al *Dio-Stato*; questo non concepisce che l'*Uomo-Ragione*, cioè l'*Uomo-Dio*, l'*Individuo-Re*, misura di tutte le cose, in quanto ben vive. E coloro, che hanno corta la vista, possono chiamare Giovanni Bovio un materialista — un sensista — ed Hegel, ed i suoi Seid, delli idealisti, confondendo *Idea*, espressione ed essere, l'*Ente per eccellenza*, con *Ideale*, empirica contrafazione metafisica, *Idolo tedesco*.

Per non aver saputo distinguere ciò a tempo, e per il rammarico d'aver così presto sbagliato, Benedetto Croce non ha memoria alcuna di Bovio, e, sembra, per lui, che non sia mai esistito: ma il suo silenzio non impedisce alla Storia di parlare ed alla Critica di dargli torto, come l'ha.

Sì, il discredito in cui son caduti il nome e la filosofia di Giovanni Bovio presso i contemporanei Italianucoli, si deve alla piccolezza del loro raziocinare. Bovio ha dimostrato che la morale è una igiene da seguirsi per evitar molte malattie individuali e collettive che ci possono infettare frequentando la *società*. Alli Italianucoli talenta invece meglio di credere con De Maistre, che, in fondo, la morale è una cosa assurda e misteriosa, obbligataci dalla malignità del Dio, il quale ha creato l'uomo con tutti i suoi vizii e delitti appunto per divertirsi a vederlo confondersi e combattersi interiormente, cercando di spogliarsi da queste male abitudini, che gli nuocciono, per vestire le virtù cardinali, le quali, almeno, gli danno il paradiso *post-mortem*. De Maistre ha concepito così, coll'infame e pervertita mente di un

Inquisitore e di un Tirannello medioevale la vita umana; plasmò il Dio malato di fegato come lui stesso. Bovio non vede che dei rapporti sereni e logici, di indiscussa necessità, tra li atti delli Uomini ed i fenomeni della Natura; ma Bovio, che non frequentava la sacrestia, era più religioso di De Maistre, che portava il baldacchino: comunque, mancò dell'atto riuscito abbacinante per la follaccia, verso cui si avesse potuto mettere in successo; e la sua prosa era troppo densa e nuova per venire accolta dalle ignoranze plurime universitarie. Essere un Idealista senza insultare la Ragione? Praticare in vita una morale altissima e sdegnosa e scriverne pure senza essere cattolico? Essere un uomo politico senza farsi corrompere, e morir povero? Sono cose che i professori, i senatori, li scolari, li spazzini, i monarchici, insomma, Italianucoli non possono comprendere.... Sì, il loro ideale è: *«La Prostituta che fornica tutto il dì per mercede, e, la sera, va alli Uffici della Beata Vergine, e del Sacro Cuore di Gesù».*

Ciò è operare idealmente; riconoscere l'*anima porca* e le *incontinenze necessarie*, a cui i senza volontà, i decaduti dalla ragione, i venduti per inclinazione e bisogno sono soggetti: peccano! — oh; ma essi chiedono ad alte voci penitenza e si confessano difendendosi: *«Non siamo i maculati dal Peccato Universale?»* Ah, isterici irresponsabili, quando non siete dei gabbamondi truffatori, o dei luridissimi bruti! Io vi lascio il piissimo idealista De Maistre e mi prendo a braccetto il bestemiato da voi materialista Bovio: ma gli è ch'io non sono Croce, che fa l'inchino di moda all'Acri cristianissimo. E passo via e rido.

Per quelle ragioni di sragionatori, il *Naturalismo boviano* non si agita al sole artificiale della *réclame*, ma opera, profondamente criptogamo, in coscienze, dove si inradica in convinzioni, donde riesce in atti fervidi di vita. In sui necessarii rivolgimenti, che il futuro ci fa desiderare, ma non ci farà mancare, risorgerà più operante e più risplendente. Anche coloro, che fin qui furono per lui ciechi e sordi, dovranno esclamare: *«Donde tale illuminazione; donde tale armonia?»* Anche essi saranno risorti dallo sterile ghiaccio della loro inquietudine romantica, da questo neo-idealismo, che ammette, dietro la fantasima del Dio, necessariamente, il Feudatario, abate o barone, codiato dal Boja, indifferente e giocondo esecutore del suo capriccio, del suo privilegio, del suo miracolo. In quei dì, il Boja, almeno, compreso e mestissimo, sarà il fatale Ministro della Nazione.

Giulio Lazzarini.

Questa volta non incolpo la plurima ignoranza: Giulio Lazzarini, atleta, non isfoggiò le sue singolari energie che in un circolo chiuso. Tutti li altri possono protestare: *«Nè visto, nè conosciuto»*; perchè tutti costoro rifiutano di viaggiare per le regioni del pensiero e si fidano a quei lazzaroni, loro veri fratelli gazzettieri ed indolenti, i quali, non avendo trovato quel nome sul Dizionario di — puta caso — De Gubernatis, s'intende il *Vocabolario degli Uomini celebri contemporanei*, ne ignorano, colla vita, l'opera. Di lui, intanto, Carlo Cattaneo avrebbe potuto ripeterci: *«Si levano, a poco a poco, nel seno delle Università certi uomini, che divengono Galileo, Newton, Vico, Volta. Questi, allora, devono lasciarsi proseguire imperturbati per le arcane loro vie. Per codesti uomini rivelatori vi deve essere una scienza «ad hominem».*

Stupiscono i miei contemporanei nell'aver distrattamente gomitato, in passando, questo rivelatore che nessuno, fin qui, si prese la pena di rivelare: e però Giulio Lazzarini rivelò: L'Etica Razionale.

Vi consiglio, a scanso di fatiche inutili, di non cercarne i tre fascicoli che la compongono dai librai od in biblioteche. Non era desiderio di Giulio Lazzarini lasciar *scritta* la sua filosofia, quando si sarebbe potuto *ricordarla udita*: *«Al grande Ufficio mal si convien la scrittura, organo ritroso, artificiale, isolato; richiedonsi modulazioni di voce, suffragii dell'occhio, del gesto e della fronte e delle smorfie e delle accese labra».* — Ora, se dentro il cervello ed il cuore di Carlo Cattaneo aveva dettato Socrate, Giulio Lazzarini vive Socrate.

Quando scrivo: Socrate e vi aggiungo: Seneca, son tratto a mettermi in guardia di Nietzsche; il quale è pur grandemente amato da me; ma si lasciò sfuggire che essi furono de' cristiani in anticipazione. No; non è da Socrate, nè da Platone, — da cui abbiamo avuto, nel Rinascimento, col suo risorgere il più sicuro indirizzo per dotare il libero pensiero di una dottrina, — che incomincia la decadenza del pensiero greco; nè tanto meno l'anima greca attinse il massimo del suo potere con Sofocle: Eschilo e Socrate si completano; nè avrebbe potuto concretarsi un Pericle od un Alcibiade, se l'uno, o l'altro, avesse mancato. E Seneca, intinto di tutto il neo-romanticismo iberico, spiritualista travestito, gnostico senza aver frequentato scuola ad Alessandria e li ultimi misteri di Canopo e di Eleusi, è pur sempre il contemporaneo di Petronio; è ancora il maestro di Nerone; è colui, che, un'altra volta, riconciliò in un fascio di luce il nero ed il bianco e diè tono positivo, nella conoscenza, all'antagonismo feroce delli opposti.

Socrate e Seneca sono delli Antecristi, e sia in ragione cronologica il primo, e sia in ragione morale tutti e due. È la filosofia così-detta cristiana che attinse il meglio dalla loro, e che, per non esser loro grata e non doverne riconoscenza, si ostinò a mentire che tutte le discipline pagane avevano insegnato la idolatria dell'Ego; circonfondendo quest'Ego di tanto disprezzo ed invidia, che poco dopo, l'assunse infallibile alla catedra Sampietrina. Socrate e Seneca determinarono, senza bisogno di una nuova fede, di un altro culto, tale etica da venir saccheggiata dalli epigoni di Gesù, perchè il loro mosaismo profetico potesse venir accolto anche in Occidente; dove, senza quel lievito umanista, non avrebbe potuto predicare. Sicchè anche dal Dio di Socrate, che è un Daimon od un Genio, ha potuto decorrere quella morale, che parve, e pare, esclusiva di un Messia ed altro non è se non soperchieria congregazionista.

Sì: Giulio Lazzarini teneva scuola in ogni luogo, ed anche nelle aule universitarie. Si accompagnava a passeggio con noi; diceva: «*Di coscienze morali ve n'ha di due specie. L'antica o provvisoria, che direbbesi meglio Etica Religiosa, o pseudo Etica, e la definitiva, che potrebbe anche chiamarsi: Razionale, scientifica, non attuata, quest'ultima, ancora che a frastagli*». E l'Etica avanza in perpetuo. «*Collo avanzarsi in perpetuo, non si corre rischio «di giacere». I disaccordi si attenueranno — a grado a grado — non più e non meno di quanto esige l'Armonia dato il progresso interminabile degli accordi*».

L'accordo si armonizza sull'*Essere* e nella serie delli Esseri. Per lui, Galileo aveva spazzata la via a Padre Secchi — e, dopo Bovio — Lazzarini ripeteva: «*il quale aveva visto quale emporio di evoluzioni biologiche teologiche e morali andava schiudendo il «concetto» pur sì modesto e semplice della «inerzia dei corpi»*». Per Giulio Lazzarini ripetevasi ancora la felice scoperta, o continuazione, della Reciprocità, delle necessarie risposte per simpatia od antipatia, per armonia o dissonanza, che è e sono a loro volta fonti di armonia reciproca.

Quale disgusto se *nel vivere, che è sentire*, perdura il dolore del disaccordo! Le Forze, che *si equivalgono tutte e si scambiano*, ne hanno interrotto l'ordine: chè *tutto vive*. Tutto vive nel concetto di Pitagora, di Lucrezio, di Raimondo Lullo, del Cardinale Cusano, di Giordano Bruno — che chiamò l'Universo il *Grande Animale* — di Spinoza, di Leibnitz, di Hegel, di Caporali. Ed ogni *Vivente ha virtù sensoria*. Quale inutilità interrompere il Ritmo della Vita, arrecare dolore, produrre delle soluzioni di continuità! È inutile, atroce e pazzesco Far Male, cioè eccitare delle *Dissonanze volontariamente*.

E si andava per le larghe strade polverose, che cimano li argini del Ticino; i quali scoscendono verdeggianti praterie ed ispide forre di qua e di là, in sulle risaje ed in sul greto scabro e garrulo di insidiosi meandri d'acque. Ed avevamo innanzi, in sul cerulo e rabbrividito corso del fiume, la grande distesa del sole che si palpava colli occhi e colle mani. Era un'enorme illuminazione della natura e di noi stessi. Sorgevano, nella ridda, delli atomi di fiamma: Novità; al Maestro più che ad altrui. Egli le sottoponeva ai suoi Fratelli per suscitarne la *Critica* e ringraziarne le *Censure*. Il *Metodo delle Menti Associate* veniva peripateticamente praticato, tra un passo e l'altro, una frase e l'altra.

Indi, sorgevano Le Verità subitanee, che Giulio Lazzarini non ha mai chiamato Verità d'Intuizione: *Verità* quasi certe, nella *Definizione*; esseri vivi, realtà *pensabili*, non mai *intuibili*, le quali consentono e spiegano l'armonia dell'Universo, che sono Forme della stessa Vita, *imagini divine*, e che ci svelano i pretesi Misteri del Mondo. Erano desse che dipanavano la serie delle *Verità pratiche od induttive*, piane, fluide, palmari, che si accolgono esultando e benedicendole — *come il ritorno di lontano amico*. Era anche l'altra *Verità subitanea* e tuttalvolta certa e garantita, questa: nel grande sfolgorio del Sole, tra la danza delli atomi infuocati, che si avvicendava tra il lamellato azzurro delle acque del fiume ed il curvo zaffiro iridato dall'azzurro del cielo, in un tripudio di Vita cosmica: «*la Visione del Dio naturale, Impersonale, Forza vitale*», del Dio di Bovio che anima e ispira la Materia, *Germe di Forze* evolutive, che determina i Trapassi e si compenetra nella Immortalità.

Erano queste *Verità subitanee* quelle che il Poeta afferma, per l'*arte sua che intuisce*, come Giovanni Bovio aveva preannuciato e che l'intellettualità di Giulio Lazzarini, senza aspettare il monito di Bergson, determinava assai prima di lui; non in quanto egli si fondasse esclusivamente a riconoscere ed a confondere l'Intuizione *con una spinta vitale*, l'istinto che si afferma, in una sua causale applicazione, per cui scopre alcun che; ma in tanto, come intellettualista, aveva osservato che il ragionamento è insufficente, alcune volte, a circoscrivere, o definire la verità, se codesta non *vien sentita* per sè stessa, all'infuori di qualsiasi prova, vivendola.

A fortiori lo psicologo e psichiatra Ribot può qui venire in aiuto nostro, e, per quanto già dicemmo prima sulla *Intuizione*, come organo di conoscenza: L'Intuizione avvisa: «*Certo sarebbe un errore grossolano pretendere che l'intuizione e la divinazione non abbiano avuto una prima parte nelle scoperte degli scienziati. Sì l'una che l'altra si trovano alle origini di tutte, e vi ha un istante in cui le creazioni scientifiche e le artistiche coincidono nelle loro condizioni psichiche; ma nessun scienziato, degno di questo nome, non ha mai confuso la visione di una verità, colla dimostrazione della medesima*». È dunque La Filosofia scienza, o no? Ed allora si nutra essa di Cognizioni non di Emozioni.

Ma, sicuri in tal modo delle Verità subitanee, si può dire, con Carlo Cattaneo, senz'altro: «*Sarebbe ormai tempo che queste forzate e procustiche classificazioni di sensismo e di razionalismo venissero dimesse. Quando schietti e persuasi teologi, come Paley e Newton e Bonnet e Muratori e Soave, vengono per le loro idee, messi in un medesimo fascio coll'ateo Holbach, bisognerebbe assurdamente concludere che la differenza che passa tra un ateo e un teologo, sia così poca cosa, che non meriti di farvi attenzione nel giudicare il complesso della dottrina di un pensatore, e che queste classificazioni, a cui si riducono molte istorie della filosofia, sono una vera torre di Babele!*». Così noi opiniamo: «se Bergson ragionasse meglio, non ci ripresenterebbe Giulio Lazzarini?».

Ma avveniva, nei giorni piovosi, che si fiancheggiassero, in città, caserme, opifici rumorosi ed industriosi, tribunali, prigioni. Ed egli spiegava, quasi profetando: «*Nel giro di tre lustri o quattro sparirà l'ordine delle Ricchezze. Le categorie plutoniche si ridurranno tutte a quelle di numerati straricchi. A loro carico la Turba degli Impiegati, degli Artisti, degli Artigiani, la Turba immensa dei Poveri e dei Ladri; la Ricchezza diverrà un peso intollerabile*» — «*Oh, i Delitti! Sono disgrazie da imputarsi ad anomalie di Carattere, a viziature di Senso, o ad Assenza di Mezzi Economici e di Senno, o Passioni!*» «*Siamo quindi alla vigilia del* Diritto Umano *ch'io dissi consistere — e che realmente consiste — nella Facoltà di adempiere i nostri doveri!*» — «*Noi siamo Fatti o Forze; non dobbiamo mai abusare di Noi: chi opera male abusa della Forza Divina*».

Al punto, possiamo ancora domandarci: «Perchè non ci lasciano fare il nostro dovere, e le Leggi son quelle che ce ne allontanano? — E perchè, così costituita, la Società pregia l'abuso che è il Privilegio?» — Importa l'Equilibrio: Bovio correva a ripristinarlo colla Giustizia; Lazzarini *coll'educare gli studiosi a conoscere le proprie forze ed il proprio mandato*: «*L'Etica Razionale li umanava della eccelsa — umana — Dignità e del Supremo dei suoi ministeri*, il Dovere:» cioè, quanto si può sinceramente fare liberamente. Donde, può inradicarsi la nostra pretesa libertaria: «Far tutto quanto possiamo di meglio, colle nostre personali energie, perchè vivere è agire, mettendo in essere completamente sè stesso, per un nostro bene che si riversa sopra la comunità senza aspettare rispettive sanzioni di premio e di pena». Da San Tomaso ad Otto Weiningen, passando per tutta la serie dei filosofi, che, tocchi dalla Grazia, la quale pur toccò Giudei, hanno scoperto verità, intuendo; e nè meno l'ultimo nostro Croce, che in Etica più o meno razionale è indifferente, nessun filosofo di quella masnada ha dedotto la necessità, l'utilità, la bellezza, il piacere di far il proprio dovere, e, per ciò, nel compierlo, di viverlo serenamente, come Giulio Lazzarini, in tutta semplicità sincera e cordiale. E però egli non ha nome nella storia della filosofia moderna; esclusione che suggella a fuoco, alli incaricati d'essere filosofi ufficiali, tra cilio e cilio bruciando: «*Presuntuosa Ignoranza: Mala Fede*».

Giulio Lazzarini fu l'espressione maggiore da me conosciuta della Geniale Bontà: la rigidità della sua dottrina sapeva sorridere; il suo cuore ha sempre amato sopra tutto i Giovani: «*Ecco perchè io mi dirigo ai Giovani più volontieri che agli Attempati; non mi lagnerò se di Questi, o certuni, o parecchi, mi esecrino, o mi irridano — felice di consacrare le nuove mie forze tra Giovani, al Giovane Ideale*». E i Seniori han cancellato, in risposta, il suo nome, perchè di sulle lapidi non lo leggessero mai più i Cadetti. Male accorti!

Di questi tre grandi filosofi la Prerogativa costante, generosa ed indelebile fu: «Agire tutta la Vita come la Vita come la Filosofia». Di fatti, la loro esistenza autenticò la loro saggezza e sono a tutti, colli Atti e col Libro: «Esempio». — Se alcuno ha voluto lambiccare una sintesi cordiale e potentissima dalle loro dottrine, ne distillò: «*Il Sincerismo critico*», la nostra propria.

VI. — RIEPILOGO.

E bene; che importava tutta questa magnifica messe e vendemmia, alle quali bastava stender mano per farne pane e vino per le mense dei cervelli italiani, ai sopragiunti burocrati, figli di regi impiegati, cui era debito onestare la truffa dei Savoia sulla Nazione? Nulla.

Essi, che percepivano stipendio ed erano censiti a parlar d'altro, od a tacere, fecero sottintendere alla geldra de' propri scolari come quei nomi fossero stati ad indicare non astri di prima grandezza, ma lune messe in chiaro dalle climatericèe fluttuazioni della politica attiva, mentre Italia si ricomponeva; satelliti, che, a tempo normale, a sole splendente, si sarebbero tosto ecclissati, non rimanendo di loro, come orma celeste, che una nubila orbita fumosa, una evanescenza presta a scomparire.

La vera scienza, col militarismo, calava da Germania. Sia pure.

Ciò non di meno, noi torneremo a ripetere ai settatori del Pan — che quando non è Dio è Bestia, — a questi megalomani rientrati, che han perduto di mira l'*unica varietà morale*, per correr dietra alla repleta indigestione flautolenta fisica; ai *Pan-italici*, li antichi principii.

Alli unionisti eleganti e feroci, come i Giovani Turchi, che: «*I popoli più ambiziosi e più armigeni si troveranno più poveri e più ignoranti*»; che: «*Chi in Italia, prescinde dall'amore delle patrie singolari seminerà sempre sulla arena*»; che: «*Bisogna attingere ad ogni fonte perchè l'intelletto, a mo' dal mare, deve restaurarsi e nutrirsi coi liberi tributi di tutta la terra*»; che: «*Deve dare, chi possa, a tutti senza vanità, senza usura, senza ostentazione*».

Alli annebbiati in mente, alli abbrunati in cuore, dico ai metafisici del Primato e dell'Imperialismo, facchini di parole plebee e di concetti astrusi, come «*Camelots du Roi*: «*Noi, Lombardi, conserviamo in vanto e nutriamo quest'intelletto, che fu genio in Cattaneo, per cui sorse l'emancipazione politica, per cui fu possibile, con Beccaria, Verri e Romagnosi la nuova scienza sociale: con Volta, Oriani, Spalanzani, la nuova verità controllata e scientifica; con Parini, Foscolo, Manzoni, una nuovissima letteratura. Noi, Lombardi, qui, torniamo a riproporvi non le gesta spavalde dell'indovinare, azzeccando, delle avventure scomposte e cruenti; ma le altre dei fatti positivi, agricoli, pastorali, industriali, estetici che, in pace, rivoluzionano, per cui eccelle il* senso pratico comune, *che fu virtù dei Romani e la è delli Inglesi, e sarà nostra gloria presso i venturi*».

Però che: «*La politica è l'arte di aggregare tutte le Nazioni al progresso comune dell'intelligenza, della civiltà, della umanità, col minor dispendio di tempo, di tesoro, di fatica e di sangue*».

Eravamo noi, dunque, così poveri? Oh, Filosofi italiani: perchè i vostri bisogni necessitavano d'essere nutriti nelle regie università vi siete creduti miserabili; ma, nelli scaffali delle nostre biblioteche, giacevano intonsi i semenzai della scienza genuina e nostrana, e, voi, per scansare la fatica di divulgarla, li avete sprezzati: quale Banca ben amministrata, nei dì del bisogno, non conia in moneta corrente le verghe d'oro di riserva e se ne avvantaggia colla lega?

L'aver i nostri grandi istitutori parteggiato per Repubblica vi parve fossero lebbrosi; ben vi stà, voi rimanete lazzaroni, accattoni, sollecitatori ed ignoranti. Lo stato — il Dio-Stato Hegeliano vi mantiene e questo è oppresso da doppie corone chiuse: «Il Triregno e la Ferrea».

VII. — MEMENTO.

Giovani!

Se volete, giunti al tempo del raziocinio, accettare e professare una religione, tra le mille, i di cui proxeneti, intorno, vi magnificano i miracoli, le sicurezze, le utilità, la pace riconquistata coi loro esorcismi, abbandonatevi a quella che non nutra il suo prete. D'altro lavoro egli deve vivere, perch'egli sia il sacerdote di una fede, senza promuovere in altrui il sospetto che la fede gli giovi.

Giovani!

Se volete, giunti al tempo di militare per una causa, della cui bontà dovete essere persuasi, ascrivervi ad un partito politico, questo sia quello che non vi arrechi onori, ma oneri; non facilità, ma doveri; non maggior benessere, ma sacrifici. Diffidate di quei *clubs*, di quei *meetings* dove i simboli sgargianti delle idee, e non le idee, svolazzano tra rumori, applausi, fanfare; del tribuno, che riallaccia il passato all'avvenire d'un balzo, e non vi parla del presente: non credete alle loquele troppo fiorite, che annegano i concetti — se ve ne sono — sotto ajuole di retorica sbocciata; non lasciatevi commuovere dalla rugiadosa sentimentalità delli ultimi romantici. Interrogate, sopra tutto, il vicino, se quel mostro di eloquenza — spesso incolta — il quale si sbraccia, e piruetta come una ballerina sul trespolo sia o no pagato. Fuggite dai partiti politici in cui vi sono assoldati e mestieranti; non cooperate a mantenerne i parassiti. L'uomo politico deve essere gratuito, deve tutto regalare nell'esercizio della sua azione; deve offrirci, anche, per nulla la sua morte.

Giovani!

Se volete dotarvi di una filosofia, la quale vi faccia capaci delle prime e più semplici verità, vi acqueti il curioso orgasmo del sapere, vi conceda razionalmente li elementi, per i quali voi potrete trovare la armoniche relazioni tra voi, i vostri vicini, il mondo, le forze, il tutto; se desiderate questa tranquillità dello spirito, che è il suo benessere e la sua pace; diffidate dai molti e grossi volumi incoronati, dalle università protette e sostenute dai ministri della pubblica istruzione; dai professori immedagliati con ciarpe, ciondoli, conterie, diplomi, chiacchiere, inganni, ciurmerie. Andate pei viali dei giardini pubblici, e pur, nelle osterie suburbane, od in quelle aule universitarie strette e taccagne che lesinano panche e posto alli studenti ed alle libere docenze.

Qui, sedete; e, se in più pochi sarete, meglio sarà; e vi accorgerete che il professore sarà il maestro; e voi, non scolari ma discepoli. Ma, se per avventura v'imbatterete in Colui, che vi darà la mente sua ed il suo cuore per nulla, e lo vedrete commosso nel parlarvi, e furibondo nella critica, e radioso nella sintesi, e come Dio in poesia; e saprete che non sempre desina, e con lui i suoi figliuoli; che la polizia lo bracca: che per le sue idee venne sostenuto in carcere, in imminenza di patibolo; oh, Giovani, se voi avete ritrovato Socrate, tornate ad essere, per Lui, Fedone!

Allora, Giovani,

se siete ben nati, se bene vivete, alle parole di Lui scoprirete voi stessi: queste nulla vi insegneranno fuorchè del Mezzo più facile con cui voi vi potrete sapere; queste vi suggestioneranno alla ricerca della Verità, con quel modo che ciascuno di voi ha personale, che nessuno vi ha imparato, che *possedete come vivete*, che le parole di Lui vi ecciteranno ed usare. Però che tutta Filosofia è Metodo, ed essa non fa scuola, ma istiga e discopre: però che,

oh, Giovani,

in voi stessi è la Verità che vorreste cercar fuori e lontana; questa feroce e dolcissima Verità vivente, rose sanguinanti e gilii a fascio, fiamme d'amore e fiamme di sacrificio; La Verità, per cui accumunereste il patibolo della Gloria col Maestro, che vi ha preceduti, e, coll'esempio, vi ha manifesta come: Essa sola è, però che Voi La siete.

Sia dunque la Verità, la Religione, la Fede politica, questa Filosofia vostra: Essa misuri il vostro Potere, che deve essere Massimo.

Palazzo di Breglia, il 1 di Luglio del 1913.

34

APPENDICI.

I. — DIO?!

Un filosofo, il quale abbia risolto per conto proprio in modo d'acquietare, insieme alla sua curiosità razionale, anche la sua sentimentale sensibilità, il problema Dio, è più che a metà della sua strada: ben poco, soggettivamente, gli manca per arrivare alla meta, dove la scoperta verità gli incorona il sistema.

Non voglio susurrarvi nell'orecchio teso ad ogni malignità, che anche la sua meta, non spazierà larghissimo orizzonte; perchè la sua filosofia, e la filosofia di tutti, si contiene nel campo chiuso di un giardino inglese, popolato di piccole alture arborate, per scalar le quali si deve serpeggiare lungo sentieri a zig-zag; interrotto da stagni, da laghetti argentei ed addormentati sotto i salici piangenti, e viscidi di ninfee ed orgogliosi delle loro coppe sfacciate; garrulo di ruscelli, che vi incontrano e vi deviano. Voi potete salire, scendere, passar ponticelli, sdrajarvi al rezzo del platano, su quel bel prato verde smaltato di candido e di porpora; aver freddo sotto la minuscola foresta oscura; raggiungere la più alta cima della più alta collinetta del giardino; ma sempre i vostri occhi incontreranno il ciglio del muro di cinta, coperto d'ardesia, il limite del vostro potere razionale; sempre i piedi viaggiatori urteranno nella fondamenta dei blocchi di cemento oltre cui non si può, per ora, andare.

È già un bell'affare, per noi e per quel filosofo, l'esserci sbarazzati, con una risposta possibilmente logica, sulla domanda: Dio!? Sia che questa ne ammetta l'esistenza o no. Guai! se intorno a questo ironico pijuolo ficcato in terra, come un Dio termine e ritto e baldanzoso come un Dio Fallo, si avesse a trescare sempre, per considerarlo o di faccia, o di profilo, o da tergo: tutto il resto della più utile dottrina non avrebbe tempo per venir spiegato, compreso, applicato; e la nostra ragione, per ciò solo, sarebbe ancora nello stato mitologico ed ontologico, su cui l'alba della razionalità non sarebbe ancora scesa ad illividire di pallidi chiarori le più necessarie conoscenze.

Ora, avviene, che, proprio nel secolo XX, dopo che la Storia delle umane bizzarrie ed invenzioni, cattiverie e stranezze, originalità e grandezze ha riempiuto più tomi *in-folio*, e sembrava portasse anche il trattato di pace perpetua tra la nostra Ragione e l'astrusa Metafisica; quest'ultima debellata e distrutta in modo da esserle indecente il ricomparire deforme, nuda e decrepita, sotto altri travestimenti, ecco, che batte all'usciuolo di ciascun filosofante, con pretesa pretenziosa e spavalda, con voce imperiosa, non chiedendo, per mercè, di entrare, ma esigendolo senz'altro come un diritto. La ricomparsa della Metafisica indica la bassura melmosa del nostro tempo.

In fatti, nelle epoche dense di nebbia e floscie e stanche, come la nostra, quando il razionalismo va in discredito, perchè il cervello incapace non opera più, sorgono le fedi: dico le mille ed una religioni che autenticano la pigrizia, la ignoranza e la ferocia. Dalla chiromante al prete, dal ciarlatano al boja, dal gendarme al dio, tutta sbirraglia dell'imperativo categorico reazionario, sono in sull'armi ed in bigoncia e far parate e concioni, però che il tempo è propizio alle menzogne; le quali rendono, nutrendo la negra caterva. Di questi dì, anche la scienza e la filosofia si fanno superstizioni: se non ci avviano, il che sarebbe impossibile, al rogo della Inquisizione, si addensano nell'intestino cieco della statolatria, in cui fermenta l'imperialismo pur comunista. Guardatevi dall'appendicite! — È richiesto allora finalmente il ferro rivoluzionario per salvare, se non la Nazione, almeno la Società.

Ed allora, osservi che i nostri giovanetti si credono in dovere di appellarsi a quei maestri singolari e deviati, ed autori — mezzo letterati, mezzo filosofi senza metodo: non li vedemmo poc'anzi insieme qui sopra distesi nella loro nomenclatura? — e, con questi, si danno a passeggiare per le nuvole; ora, tra le medesime in burrasca, ora, rappacificate, ed in pieno azzurro, senza paura di cader giù, Icari e Fetonti inesperti, che salvansi l'osso del collo per la semplice ragione che sono ubriachi o sonnambuli. Vi ha sempre un Dio vigile per li uni e per li altri.

Si formano i manipoli guidati, sotto la protezione della rinomea accordata dalle vecchie pinzocchere inquiete ed isteriche, da i Fogazzaro, da i Boutroux, dalli Acri e compagnia, tra cui il medico-cappuccino e vendi-miracoli di Lourdes, frate Gemelli. Se ne servano: i piatti cucinati da questi farmacisti dell'ultima evanescenza filosofica han per droghe maggiori ed antietetiche: «*l'ambra grigia e la cantaride*», l'effetto ne riesce miracoloso. Codesti giovanetti, ultimo stile, che non praticano cattolicamente in evidenza, ma sono cattolici per rimedio alla loro ignoranza e per paura dei loro istinti, sono dei disgraziati sempre in erezione, ma senza il beneficio della ejaculazione. I loro nervi non si distenderanno mai, pacificati; la loro mente sarà sempre nel continuo subbuglio del «*È o non è? — Credere sì? — Credere no?*» Sono delli innamorati della *Verità*, e sanno che la via scelta da loro per iscoprirla è la più falsa di tutte: sono dunque, più che verso li altri, *verso sè stessi in mala fede*. — Sì, codesto neo-idealismo cristiano è il lievito torbido, orientale-giudeo-islamico che rende feroci le razze e le fa demenziare nelle gesta d'oltre mare; è la reazione alla piana logica romana, alla sicura gaiezza estetica greca, al buon senso italiano, alla elegante vivacità francese, alla compresa mestizia alemanna, a tutte le migliori doti d'animo e di corpo, per cui la vecchia e sempre nuova Europa è istitutrice di vita e di pensiero. Li europei dell'ultima ora si sono trovati stanchi di pensare e di agire secondo una direttiva rettificata sì, ma sulla natura; e, poichè la Scienza non produsse loro davanti, come un diavolino di Cartesio, Domeneddio nel boccalino, si rivolsero, per dispetto, affamati ad addentar la particola, che dicono sia Domeneddio in carne ed ossa e sangue. Qual maraviglia se ciò non ha fatto loro indigestione potentissima? Per ciò chi mal digerisce opera peggio.

Li altri si tirano in disparte, come il sottoscritto, ma non perdono l'abitudine del raziocinare: da mille gridi a stento articolati, da mille aneliti, da mille soffi, da mille mute preghiere — una sinfonia indistinta e tentano e cercano armonizzarsi, per non stridere, cacofonia, irritando, mentre han bisogno di essere ascoltati con fiducia ed amore — lambiccano la sola voce possibile che dà febre, orgasmo, inquietudine, che *dà sete non mai saziata: Conoscere: Amare!*

«Amiamo! Conosciamo!» — A battuta si rispondono e si interrogano: «Oggi, tutte le religioni sono discusse — Ma la fede è maggiore. — Non abbiamo uno stile del secolo — Ma siamo ricchi di artisti. — Nessun uomo non ha mai sopportato una soma così grave di angoscie e di mali come il contemporaneo — Ma ora è il regno della carità; la soferenza è universale, ma universale la consola la commozione operante dell'animo nostro. — La lotta per vivere è più aspra — Ma il fratello sovviene al grido del fratello provato, dimenticando ch'egli gli è un concorrente; aiuta e salva».

E noi, per tutte, una volta: «Ciò bene augura di noi: significa che possediamo una fede di natura a cui ubbidiamo senza bisogno del Dio e de' gendarmi; significa che esercitiamo una vita forte e beata, senza l'imperio di un dogma, l'ammonizione di un codice, senza dubbi, senza fatica. volontariamente. Noi, dico; cioè li spiriti delicati, nobili, sereni. Quanto alli altri, alli ammalati, ai deboli, ai vagellanti, ai bigotti d'ogni e qualunque simbolo, essi ci stimano abborracciati nel caos dell'anarchia; essi ci riguardano avviati, dalle bombe alle forche, dalla dominazione autocrata alla tirannia; però che la superstizione non fa accorgere ai suoi valletti la peste, la fame e la guerra propria».

E, lo sfogatojo dell'opinione pubblica, i giornali e le riviste, perchè il dibattito è tornato col favore della moda fuor di quel giardino inglese pieno di delizie, di insidie e di inganna-pupille, e le coscienze vanno in cenci per il fango delle strade cittadine a passeggiare vociando e ad inzaccherarsi; i giornali se ne fanno, con comoda prelatura, i mercanti ambulanti, li araldi interessati, qualche volta, i divulgatori modesti ed attenti. «Vi è nell'aria sociale questo bisogno psichico: bisogna soddisfarlo.» Soccorre l'inchiesta *ad hominem*. Una di queste propose, nel 1911 — l'altro dì — il Coenobium: ci inviava dieci domande sopra il fatto massimo delle coscienze moderne, *Dio*, la *Fede*, le *Religioni*, il problema della *vita futura*, le ricorrenze tra *religione* e *dogma*, la conciliabilità tra *Fede* e *Scienza*, l'identità tra *Religione* e *Morale*, *Scuola laica*, *Scuola confessionale*, e i rapporti, in fine, tra la *Chiesa* e lo *Stato*.

Vi aggiungeva un fervorino: «*La nostra inchiesta, pur mettendo alla luce la grande varietà delle esperienze e delle concezioni religiose individuali, mostrerà altresì, ne siamo certi, le fondamentali unità, la somiglianza sub-giacente di queste esperienze e concezioni. — Venite dunque a partecipare a quest'opera di luce, di coraggio, di sincerità alla quale vi invitiamo; non negateci il vostro contributo per malinteso pudore, o per un eccesso di modestia. La sincerità e la verità sopra tutto per l'educazione ed il conforto di altre anime in continua ricerca del bene e avide del meglio!*»

Era dare il pretesto, anche per isvago, di risolvere finalmente ed in luogo pubblico, quindi con maggior riguardo di non uscire dai gangheri, per sè stesso la eterna questione. La quale, dopo d'aver trascorso per le vie pandemie di cui sopra, stanca, era entrata nella camera da letto di ciascuno di noi; e tutti erano pregati, purchè lo volessero, di fare *per due ore il filosofo*. Non importava sapere ontologia o teologia, tanto meno metafisica; sarebbe bastato entrare, un lanternino acceso, nelle caverne del suo proprio interno e non aver paura di descrivere l'orrido luogo e li animali feroci che lo popolano.

A me piacque, perchè, senza averne l'aria ed in un dì in cui mi sorrideva la speculazione, avrei potuto aggiungere un altro paragrafo al mio *Sincerismo critico*, appunto nella sua *Ontologia* che mi sembrava assai povera e monca.

Inoltre era porgere l'occasione di fare il Messia, per qualcuno, a buon mercato; era anche solleticare la vanità nel posto più sensibile: rivolgendosi a me, si veniva a sommuovere lieviti atavici ben deposti e non aboliti. Oh! anima religiosa e timorosa di Giovan Francesco Lucino de' carmelitani scalzi, che mandò fuori, nel 1663 «*De immaculatae deiparae conceptioni*»: — oh! porpora cardinalizia, imposta sui lucci come un pallio di sangue, da Luigi Maria Lucino, questore e commissario dell'Inquisizione per Benedetto XIV Lambertini, ora a riposare nel cenotaffio di San Sisto in Roma, in cui fu immesso nel 1745; — oh! soave umiltà di Giovanni Battista Lucino, che tradusse ingenuamente, da Giovanni Rosbrock l'ammirabile, l'asceta, cui spesso ricorsero l'Huysmans e li ultimi simbolisti francesi, ed a cui si invoca Maeterlinck nel *Trésor des Humbles*; oh, piissimo e fervoroso riordinatore de *La Consolazione de' Pusillanimi, con breve regola per un Novizio di Spirito!* (in Parma, 1762).

Figuratevi che po' po' di Troni, Dominazioni, e Beati mi guardavano, sospirando, dall'alto. E non vi parlo delli altri della costola materna: un San Benedetto Crespi, arcivescovo di Milano creatovi da Sergio I e felice convertitore alla fede di Ceadvala, re dei Sassoni, scrittore di *Nonnulla Commentaria*, su cui magnifica il terroso Bescapé il suo elogio. Questi domina mitrato sopra una teoria di Abati e di Badesse, Monsignori e Canonici in cui fa bella mostra dì sè quel Pietro Agostino, autore della *Vita della Beata Giuliana di Busto Arsizio*, vergine e monaca — e pur l'altro Pietro Antonio, che fu l'istorico di *Insubria* e di *Historia Burgi-Artitii*, ambo dalla metà del 1600, rimasti, spagnolescamente, in manoscritto nella biblioteca dalla Basilica di S. Giovanni Battista in Busto, fortunatamente inediti.

Conveniva ricvocare la masnada; mettersi sotto il loro famigliare patrocinio: ma inorridirono alle, non solo parole, ma intenzioni del loro luciferino nepote; perchè al *Coenobium* risposi così:

«Nato ed allevato in una famiglia in cui i gilii d'argento del razionalismo fiorivano vicino alle rose porpuree della baldanza garibaldina ed alli anemoni del sacrificio mazziniano, nessuno mi avviò sulle comode strade della consuetudine e delle platealità cattoliche; ma nessuno mi indicò che la legge morale non potesse esistere, vivendola i miei in modo esemplare. La mia coscienza non ha dunque subìto le deformazioni confessionali; la mia mente ebbe libera, e, per ogni lato, la propria espressione; il mio senso continuò, senza proibizioni, la serie delle sue esperienze, fuori dell'intervento di pedagogiche direttive, o per la maggiore considerazione sociale. Buon seme, in ottimo giardino, al coperto delle necessità, avido di sapere sempre di più, fondamentalmente desideroso di rimanere in armonia con me stesso, anche per conservarmi la libertà, cui troppo li appetiti disordinati e le più disordinate soddisfazioni diminuiscono, assimilai nutrimento fecondo e ferace: mi trovo, oggi, nella possibilità di rettificare i valori correnti sul concetto:

Dio-Società-Religione-Fede-Preghiera-Legge.

Al mio assaggio risposero con nozioni che pochi tra i miei contemporanei accolgono, ma che a me bastano perchè mi rappresentano.

Così, professo la *mia religione*, quella che mi apparve e sentii nei miei primi anni, spoglia d'ogni portento soprannaturale. Non abdicai, nè mi contradissi crescendo; non trovai sul mio cammino motivi di abjura, o di conversione; non fui inquietamente speculativo, o dispersivamente vagabondo pei campi dell'ultra sensibile. Quattro idee di fondamentale capacità razionale, quattro leggi semplicissime stanno a fondamento di un mio sistema filosofico; il quale consiste più tosto nelle azioni che non nelle parole; nell'aiuto e nella efficacia degli atti, che non nel folgore della eloquenza, nella vacuità della retorica.

Vi confesserò pure che presto mi compiacqui di metafisica; usato alla ginnastica intellettuale, trovai qualche piacere nel maneggio delle *difficiles nugae*, eleganti, trascendentali; ed il vanto di aver superato qualche difficoltà dialettica, di aver vinto qualche concetto chiuso ed astruso, mi aiutò a crescere soddisfazione ed orgoglio, di cui non son privo. Alcuna volta pensai, se a noi — cioè a quelli che mi assomigliano — non fosse lecito fondare una *Congregazione di Infedeli*, con riti ed inni ed apparati magnifici e commoventi, per attestare e la nostra Religione antietetica e la nostra più umana Carità. Per ciò il mio *vivere* significa il mio *credere*; ciò che non dice ch'io viva secondo li obblighi e le ragioni di una qualsiasi religione.

Le *religioni*, stato di fatto, di rito, di credenze, superstizioni, sentimentalità, sfarzi, rigidamente contenuti in un libro o più, *Evangeli*, *Talmud*, *Corano*, libri sibillini, filosofie esoteriche, pseudo scienze psichiche, ecc; le religioni sono il necessario corollario, il pragmatismo, l'utilità, la finzione, il bovarysmo della Fede. Non vi ha individuo senza fede: non vi ha società senza religione, senza codice o legge.

Tre coppie umane, cioè tre cellule riproduttive di clan, si trovano a cooperare, dalla nascita alla morte, per uno scopo di maggior benessere. Per vivere, relativamente in pace, debbono stabilire quale sarà l'utile di ciascuna nella impresa comune; *il diritto*; con quali mezzi la comunità, rispettando a ciascuna la propria sensibilità affettiva ed emotiva, potrà determinare una sicurezza morale, rivolgendosi ad una virtù, ad una forza maggiore, od a loro stessi, metafisicamente astratti, senza che ciascuna delle tre possa accampare un difetto di sostanza o di forma nella *preghiera*, nella legge morale: *il canone*. Diritto, codice — religione positiva — precetti della Chiesa: gerarchie, quindi, ordine, burocrazia, in fine, si impiantano sul minimo comun denominatore dei plurimi diritti, delle plurime fedi dei componenti le società; sono un press'a poco sempre, un provvisorio; lasciano, sia nella codificazione, sia nei decaloghi, un di qua ed un di là, in cui esorbita, necessariamente, la maggiore energia umana, quella esuberanza che è di natura, che non delinque per sè, ma che Chiesa e Stato hanno convenuto di chiamare *peccato*, o *delitto*.

Badate a me: il mio temperamento, il mio organismo, non possono vivere nè la legge, nè la religione dello stato, in quanto che il mio pensiero buono e la mia azione giusta non credono di venire delimitati dalle imposizioni e dalle limitazioni di una folla; che, col pretesto di essere *legione*, impedisce alla mia semplice unità il libero esercizio di sè stessa. Nego dunque il codice e la religione come stanno; ma, da questo, al negare la Fede ed il Diritto ci corre: torno a dire: *ogni atto di Vita è un atto di Fede*.

Sì, perchè ogni nostro gesto concorre ad un fine migliore; cioè ci attesta, giorno per giorno, in un grado maggiore di perfettibilità e di perfezione; *ci avvicina ad essere il Dio*.

Voi sapete che Hegel chiamò Dio: *in divenire*: rovesciando l'ipostasi della rivelazione, Dio è, per lui, non il principio, ma il fine. Noi, esseri in continuo aumento, a lui concorriamo dalla cellula amorfa e primigenia, che bagnò in una soluzione acetata — acqua del mare — dotata di temperatura costante, 37 gradi centigradi, per cui potè essere conservata la vita. Codesto nostro salire significa il progresso, il migliorarci, non dimenticando però il principio di costanza, che ci fa permanere o ci fa trasformare intorno l'ambiente, in modo che sia sempre atto a riceverci pel maggior nostro sviluppo. E però il Dio è il vertice di una crisi biologica illustre, è l'ultima e più significativa parola lirica; è il magico colore, la luce più intensa, la nota universale e singola dell'arte e bontà umana.

Ora, dal Dio alli Dei, dal Dio-energia alle Divinità antropomorfe, dal Dio-entelekeja, al Bestia-Dio, ai Feticci-Dio, al Simulacro-Dio, la differenza è enorme: e ciascuno di essi esprime, dal gradino rudimentale delle primitive civiltà, la crescita del divino nei successivi provvisori, chiamati religione, in cui la divinità prendeva posto adeguato, col crescere delle civiltà, perchè non riuscissero squilibri tra l'interno dell'uomo e l'esterno delle società, secondo le epoche, il suolo, le attitudini, la storia, insomma, la vita. Il Dio è di formazione storica; riuscito da un bisogno umano di paura, di confidenza, di aiuto, di effusione — dalla fede, sentimentalità sempre più delicata, profonda e permalosa — tende ad identificarsi fuori dell'uomo come un fantasma, poi a compenetrarsi di nuovo nel tutto uomo da cui fu *discreto*; una delle ultime sue testimonianze esoteriche e filosofiche fu nel Cristo, il Socrate del mondo orientale, oggi non tanto divinità, quanto simbolo di una umanità; da che li aumenti si raggiungono sulla scala ascendente dal *discreto* al *concreto*.

Così, ho potuto esprimermi, rispondendo sopra alcuni quesiti, che assomigliavano ai presenti formulati dal *Coenobium* quando il *Mercure de France* me li propose a sua volta:

«*Dieu est un réflexe du génie createur qui interprétent l'époque et ses nécessités. Les Dieux se reproduisent idéologiquement selon les modifications sociales et intelectuelles, les différences organiques des races, les bigarrures des moeurs, la physiologie des individus*».

Io vi potrò anche dire che, se ogni generazione è obbligata a farsi conoscere nella storia coi suoi santi, i suoi eroi, i suoi artisti, è necessario che ogni civiltà si esprima col suo Dio.

Per il nostro comune pragmatismo, per la nostra natura che vuol essere, almeno, in pace colla propria coscienza, la quale rappresenta il nostro fine, è lecito chiamare il vocabolo Dio ed il suo relativo concetto il massimo de' Bovarysmi: è l'espressione che maggiormente contiene l'umanità; che *crea* metafisicamente l'umanità in un modo calmo, sereno e sicuro; però che anche il *logos*, la ragione nostra, si è accontentata di accoglierne il senso, non come una formula, ma come una sostanza.

Le maggiori intelligenze sono pacifiche nel confondere *Iddio* collo *Spirito*, colla *Forza operante*. Che è? La scienza tace; la religione prega: il pragmatismo vi conforta col consigliarvi. «Fate il gesto di credere: equivale alla Fede; ma voi non potete non credere: sia questo Dio l'oggetto della vostra preghiera. E dunque non credete voi? E non è questo il Dio vero? Che importa alla *pura verità* speculativa, se, andandone in cerca, non lo trovi? È utile, è necessario, per voi, che voi dobbiate credere in Dio: vi riesce più facile il vivere; i vostri vicini vi considerano di più; voi potrete sempre dimostrare che non siete, come credono, senza religione. — Non è permesso essere senza religione ed abitare in città, in un palazzo, di molti inquilini: andare a teatro, al corso, occupare una carica, un impiego qualsiasi; goderne i privilegi farvisi pagare; essere, insomma, un cittadino attivo, eleggibile ed elettore; tutto ciò, non si pratica senza religione. E però il vostro Dio può star benissimo sull'altare dei cattolici e voi, che non lo vorreste, siete un perfetto cattolico».

Uniformatevi al precetto anodino; vestitevi di grigio, pensate grigio, grigio polvere o grigio fumo; cenere sulle parole; acqua sporca sulli entusiasmi. Ha la sua pratica religiosa: il facchino, il pizzicagnolo d'accanto, l'impiegato del quarto piano, la puttanella spumante del secondo, la figlia della portinaia, la dama autentica e quella così così, il libero pensatore per posa ed utilità, il consigliere di Appello (costui regge il moccolo), la guardia di città, il generale, il tenentino; tutti, ciascuno, la *gente-per-bene*.

Ed io ho un grandissimo orrore per il grigio e la *gente-per-bene*; io amo i colori vivi, schietti, petulanti, che *saltano all'occhio* e che fanno il solecchio: abborro le penombre e le reticenze mentali; non mi inginocchio ai luoghi comuni, *id est* alli altari pandemici; le mie divinità sono chiuse, sospettose e permalose; sono nude, ma non si lasciano vedere che da me. Tutto ciò è riprovato dal sacerdote pragmatista.

Il quale, tornato al *quia*, si ferma, si soffrega le mani tutto lieto di avervi imbussolottato nella sua planipeda dimostrazione; tanto più che voi, li altri, io, gli abbiamo dato il pretesto di farlo con destrezza. Voi, perchè compiacete a vostra madre od a vostra moglie e le accompagnate a messa: l'altro, sia ad esempio il Dossi, perchè dice; «*Dio ci pensa quando noi lo pensiamo*», il che vuol dire: vi è Dio quando noi lo fabrichiamo col nostro pensiero: io, se protesto: «Non si è artista ateo nel senso privativo o negativo, di questo vocabolo». Ed allora: Dio esiste, perchè è la più bella e più buona parte di noi: è il germe, lo specchio ed il risultato della nostra perfettibilità.

Venga ciascuno a pregarlo in ragione della sua intelligenza, della sua dottrina, del suo buon senso: si incominciò dai gri-gri, si giunse ai tabu, ai macinini di preghiere chinesi, ai rosarii, alle giaculatorie; vi furono li intermezzi dei sacrifici umani e belluini, della Santa Inquisizione, della Messa Nera, delli Esorcismi, spesso Dio si sdoppiò, sorse il Diavolo, come furon già l'Ormuz e l'Arimane; e si adorò Caino, od una testa d'asino; o vi si impazzò dietro come le monache di Ludon. Ma l'uomo lo professa colla sua onesta rettitudine, il poeta col suo poema, il genio coll'opera di vita ai benefici della quale concorre tutta la sua generazione.

Inscriverò adunque al mio attivo, come formula di sicurezza, l'avvertenza di Giulio Lazzarini. «*Non vi è morale senza Dio*» — e che sia il mio lo vedeste. E continuerò: «*Il Dovere non è fine a sè stesso, è mezzo al fine supremo della vita umana. L'ora della crisi è giunta, perocchè della trista parabola or mai si tocca il vertice. Al verbo del Falegname di Nazaret l'umanità rispose — infantilmente giusta — con diciannove secoli di adorazione: ed ora, alfine, s'apparecchia — virilmente giusta — a interpretarlo, correggerlo e ad ampliarlo benedicendolo non più Redentore, ma precursore della invocata sua rigenerazione: Dio — Forza vitale — anima la Vita, che è la sintesi del Vero; chi opera male, abusa della Forza Divina*».

Fin qui il mio maestro ed anch'io. Quanto al resto che mi si chiede riesce fuori della mia attribuzione: ho messo in pace me stesso coi fenomeni e coi miei simili; non essendo nato colle deformazioni, o colle doti, non so, magistrali, mi trovo incapace di spiegare ad altrui, di consigliare, di giudicare sui fatti sociali o sulla politica del governo, sia pure quella scolastica. La mia vita psichica e fisica si svolge così fuori e così lontana da tutte queste contingenze, ed io sento così diversamente dalli altri, che non mi posso abbandonare ad una critica sulli istituti fondamentali dello stato italiano. Certo è che, in un giorno di buon umore, per rallegrarmi con qualche piacevolezza, potrei assumermi la spiccia analisi su tutto quanto è fuori di me e la mia irriverenza si rivelerebbe in modo peccaminoso e condannevole. Non oggi però; io sono un *animale* che, ad opposizione della definizione aristotelica, non si vuol chiamare *politico*: nelle mie attribuzioni non entra quella di *insegnare a ruminare*, però ch'io stesso non ruminai mai. Ma, ecco, l'altra domanda che mi ammicca pretenziosa, la sesta: «*La credenza e la scienza sono conciliabili?*»

Se si conciliano li oppositi; se, sulle due corna del dilemma, si può costruire una affermazione; se il bianco e il nero rappresentano la metà luce e la metà ombra di una sfera: se è dato — continuandole all'infinito — contro la propria definizione — far convergere in un punto solo due parallele, la credenza e la scienza si concilieranno.

Finora, di questi portenti fu capace solamente il Giolitti: *le parallele si incontrano*: ma tra il *credo quia absurdum, ergo amo*; ed il *certifico perchè ho provato* slabra dolorosamente la soluzione di continuità, praticata e dall'ascetismo e dall'empirismo insieme.

Dite: la religione ha in sè i requisiti per chiamarsi una scienza? No. — Ma la scienza ha tali prerogative da sostituirsi alla fede. Non badate a me, che sono un mistico: so che per vivere è necessario aver davanti a sè lo stimolo del mistero; ma so che questo è là, per eccitare tutte le mie forze, tutta la mia volontà curiosa, perchè giungano a saperlo: qui la fede è la scienza; cioè quella fede che è la sensibilità stessa della scienza, il suo affetto, la sua passione.

In questo punto la *scienza* forma la mia *coscienza*, ciò che io *so*, diventa *me stesso*; vivo la mia certezza. Discorro per il mondo: esso mi è autenticato dall'arte; insisto sul mondo, mi è rivelato dalle sue leggi. Il mio amore conferma il mio ragionamento, non la mia arte ha creato il mondo come vorrebbe pretendere di fare la *filosofia fenomenica dello spirito*; lo ha scoperto; ed il mondo, le cose che sono fuori di me come *realtà*, vengono ad essere la mia *verità*, quando si trovano in funzione colla mia coscienza; li *vivo*, allora, per il semplice fatto, che, sottoposto alle medesime leggi vive il mio *senso*, vive il mio *pensiero*.

Non accorgete allora che i gesti, per cui vi esprimete, come indici di passione o di utile lavoro, sono di attività sperimentale e di conoscenza logica? Oh, la rivelazione che dà il tono al miracolo, mi opponete? Che magnifico mezzo per essere persuaso! Sì, ammetto: noi, spesso, accettiamo per verità quanto ci acqueta e riconsola: è un'altra cosa. L'utilitarismo lo accoglie e per sanare le ingiustizie e le piaghe del suo tempo ne protegge le formule e le sovvenziona.

Ricordomi di Renan in *L'avenir de la Science*: «*Ed io dico, che, quando uno scettico somministra al povero il dogma consolatore senza credervi, al solo scopo di tenerlo tranquillo, fa opera di scroccone, pagando in biglietti che egli sa falsi, la buona fede e la miseria altrui*». Può la necessità coonestare l'errore? E quale la preghiera di una religione, che rappresenta una serie estetica e passionale di utili menzogne? — Come siete scettici, non solo, ma cinici, voi, che, per il meno peggio, tacimente ammettete che la religione positiva è un *bluff* per il quieto vivere della gente per bene!

L'utile, il grettissimo utile, l'utile, anglicanamente presbiterano magnificato! Convien recitare un'altra volta un passo in nota della *Etica Razionale* del nostro Lazzarini: «*Utile, Utilità è: convenienza di un dato Mezzo a un Fine qualunque. In passato gli Anglici, Isolani e Aristocratici, adoravano le Istituzioni loro: e diceano Utile per Antonomasia — tutti i loro Espedienti messi in opera a fine di conservare lo Stato quo. L'Utilitarismo — requisito indispensabile ad ogni sistema — divenne per Loro Mezzo e Fine — Sistema dei Sistemi*». Passiamo l'Atlantico, siamo nelli Stati Uniti; son di famiglia con innesto Kerokee; vi pontifica William James; è forse logicamente moderno, ma non è nè vero nè esatto che il Pragmatismo si debba far latino: noi consideriamo l'Utilità in modo diverso: nella ideoenergheja: confesso con Paul Adam che il nostro tempo è mistico, perchè in rinnovamento; donde usciranno i Prodigi: i poeti li vaticinano, i Filosofi li credono, le nostre Opere giornalmente li compiono; l'Umanità è divina».

Nota

Se non che altro avrebbe potuto essere la risposta mia, e similmente quella di un Gnostico, se non si avesse temuto d'essere frantesi — adoperando le stesse parole: *Fede, Religione, Scienza*, che per noi hanno un valore diverso di quanto non suonino alli altri — alla domanda: «*Fede e Scienza si concilieranno mai?*»

Tenendo fermo Scienza e Fede in quel senso, nel quale tutti, o molti, le accolgono, io ed il Gnostico moderno abbiamo dovuto dire che *due parallele non si incontrano mai*. Ma, se spogliate i concetti dalli attributi fittizii, che le superstizioni e l'esoso ed eroso commercio plateale hanno loro aggiunto, togliendo metallo, sostituendogli untume, si riguardano nella loro lucidissima nudità gnostica, anche noi avremmo dichiarato che siamo certi nella Conciliazione integrale di queste due nostre facoltà e possessi essenziali; da che, se l'uno manca allo spirito gnostico, Esso non è più, in quanto è Sintesi universale, raccolta ed espressa dall'Io, sola necessità.

E vediamo d'intenderci prima sui valori delle parole. Religione: non è la somma degli atti fisici e positivi, per cui alcuno attesta pubblicamente, secondo un Rito, la propria intima Credenza, sì bene quella *interna forza* che si leva e dalla Píetas e dalla Fides, cioè, dall'amore incondizionato al tutto, dalla sicurezza inradicata in noi che il nostro Sentimento non ci inganna; donde le sue emozioni e le sue creazioni debbono avere il *tono di una verità*, sortaci inanzi, non per un atto riflesso del *Volere pensato*, ma spontaneo del *libero Sentire*.

Scienza: la sicurezza somma nelle *Nozioni* effettive, che il nostro Ragionamento ha controllato ed ordinato in serie; sì che quanto ne circonda vive in certezza in noi, nella progressione dal *Discreto* al *Concreto*, nelle successive scoperte delle *Leggi geometriche* che autenticano per *Reciprocità*, l'Io ed il Mondo ne' loro rispettivi fenomeni.

In tutti li altri modi, Religione e Scienza non sono comprese positivamente. Sicchè, quando la mia Filosofia impiega questi vocaboli, non li può usare come fluttuanti nebulose, ma come stati del pensiero e della sensibilità, quindi come Atti, Fatti, o Forze.

E mi chiederete di nuovo «Chi è codesto Gnostico di cui tu vanti la virtù completa, che non eccede, nè pecca, per troppo, o troppo poco credere, o sapere? Chi è nello stato completo di questo equilibrio, dovutogli dal dubbio, che incessantemente fattosi certezza, — positiva o negativa — appena soddisfatto, è padre di un dubbio nuovo, di un'altra interrogazione? Chi è il felice che va scoprendosi ad ogni atto, ad ogni parola, sempre più in profondità e con lui conosce più addentro il mondo?»

Il Gnostico — È l'Artista più che Artista. E, soddisfatta provvisoriamente la vostra curiosità, che altrove il Melibeo sazierà definitivamente, e spiegata così la concessione alli *idoli verbali comuni*, per maggiore chiarezza eucomemica, eccoci alla:

Variante che concilia

Religione e Scienza, i due poli, dai quali passa l'asse della coscienza umana, amore e ragione, fede e lavoro, pensiero e sentimento, perchè debbono combattersi? Fu necessario il conflitto tra queste due funzioni della attività umana, che pur derivarono da un unico e solo bisogno: *il conoscere*; è necessario oggi? La Fisica e la Metafisica debbono trovare il loro punto di unione e di esistenza produttiva nell'uomo: li increduli e li scettici di professione sono oltre il campo della produttività e dell'amore umano, perchè il religioso e lo scienziato non possono essere mai nè increduli, nè scettici. Ma vi fu un tempo, non molto lontano, ed i segni rimangono in noi, nel quale unica professione era il dubitare ed aver paura.

D'allora, il male cronico dell'Arte; qui la letteratura e l'arte avevano perduto il sentimento del Divino, cioè della Natura immensa, e dissero vero quanto non era. Verità l'Oriente e la Grecia trovarono dentro le cose nella sostanza, non nella forma. Verità era la Vita per sè stessa, che si rivelava all'uomo per i rapporti suoi col Mondo, Vita, Forza, Spirito. Tale Verità fu Religione; dai Misteri Esoterici d'Hermes egizio, alle consultazioni di Papus, il grano vero di Verità lievita e spunta: Verità nostra, la Scienza; da Pitagora, a Kock; le forme individue di una Verità, ricercata e spiegata colle formole, racchiudono la catena trionfante dello scibile conquistato e rivelato. Se la Religione è la sintesi del Problema e del Mistero, se la Scienza ne è la rivelazione verrà giorno in cui Scienza e Religione avranno un solo nome: *Scienza integrale*.

Il rinnovamento passa dentro di noi; le nostre malinconie attestano il bisogno ed il dolore del non conoscere abbastanza; le nostre bestemie, l'orgasmo pur troppo impotente a salire. L'Istoria, che noi sappiamo con tutte le sue ricchezze, domanda il soffio che la faccia vivere per divenire il futuro desiderato. Badate[1]: «L'heure est des plus graves, et les conséquences extrêmes de l'agnosticisme commencent à se faire sentir par la désorganisation sociale». Ma tutta l'Arte Nuova forse incoscientemente elabora un portato esoterico, che, se fosse da noi saputo od avvertito, ci impaurirebbe di gioia, considerando quanta parte di sconosciuto abbiamo svelato, e fatto conoscere senza nostra intenzione.

Ed eccovi Bovio, il quale non vi è dubbio, è razionalista[2]: «Può l'arte antidivenire alla Scienza e rappresentare tante quistioni non ancora risolte? Questo è sempre stato il processo del Pensiero: l'arte intuisce (io avrei detto *divina*), la scienza conchiude». Ecco, perchè spesso, nel Poema, noi ci troviamo davanti a tali formole di verità trascendentali, cui la intuizione sacra della parola era giunto ad enucleare, a tali verità, che la ragione comune male accoglie, come contradittoria, mentre svolgono, incondizionate, le fulgorazioni lucide della nascosta coscienza: l'Ideale Natura operante. Questa è la Divinità che il Poeta pontifica, donde estua la vita sua. Discepolo della vita, svolgi il tuo lavoro qui: l'Odissea divina del tuo cuore e della tua mente snoda una serie di metamorfosi, di morti e di rinnovamenti, per cui sono passati li esseri che formano la tua coscienza sempre più sublimata. I simboli apparenti del tuo essere vanno confondendosi ed unificandosi colla stessa tua entità; Natura ed Idea: e tu, fermati, sole crescente di luce, nella tua intelligenza e nel tuo amore. Donde la tua Vita, più grande del Poema.

---

1   Édouard Schuré — *Les Grands Initiés*.
2   Prefazione al *Millennio*.

Questo: che l'Artista plasmi, nell'orgasmo del suo mistico amore, l'imagine che rappresenta la sua illuminata scoperta dell'intima Divinità: egli del suo mistero dia la chiave ed aspetti, che coloro che lo seguono, dietro alla sua parola lo comprendano completamente, e, dal loro giudizio, tutto si veda come in uno specchio. Poi, cesseranno le brume di offuscargli la vista. S'egli si riguarderà nell'opera sua, conoscerà la nascosta Energia che lo trasse a creare, e rinnoverà l'entusiasmo. Armonia diranno sotto le sue mani le forme, come le parole della sua bocca; poichè secondo i riti ed i modi che racchiudono il sogno infinito, per cui l'umanità è immortale, egli si avrà posto davanti viva e lucida la propria coscienza in attestazione.

Ma coscienza è vita, anzi la vita per eccellenza, la vita archetipa perchè è sicurezza manifesta di vivere armonicamente, dimostrata a sè ed alli altri. L'Artista deve accettare la necessità di vivere come il più grande sacrificio ed insieme la più grande gioja: deve spiegarsi e spiegarvi la vita.

Che è dunque la vita? Sarà forse una serie di trasformazioni del proprio essere, una successione di stati d'animo, una catena di percezioni? Ma codeste percezioni danno a noi, in effettivo, un che concreto, o restano, come segni, ad indicare più tosto che lunghi ed esplicati periodi ad enucleare?

Altro sotto l'apparenza delle percezioni si nasconde, cioè l'intimo balenare dell'essere, ciò che all'Artista si rivela in quel sogno infinito, per cui l'Umanità è Immortale. Ecco il cerchio racchiuso: «Della Vita, corona delli stati d'animo, che recingono, emanano e si spengono, dal Poeta al Poeta, egli darà la materiale significazione; darà il simbolo concreto di quanto passa, modifica ed attrae la propria coscienza; cioè, darà il mondo identificato con sè stesso, o la vita del mondo che si svolge colla sua».

II. — GIUSEPPE ROTA, INDICE DELLA BASSA MEDIA COMUNE DELLA FILOSOFIA SCOLASTICA.

Un altro delli inconvenienti, ch'io vorrei fosse completamente escluso da ciò che si chiama *Scienza filosofica*, insieme al *Press'a poco filosofante*, è il *Conformista delle altrui filosofie*. Costui chiamerei meglio *il cuoco della mondeghiglia della filosofia delli altri*; ed è appunto quel tale che si accontenta, secondo le ore del dì, i giorni della settimana, i mesi dell'anno e l'anno del secolo, volta per volta, alli aforismi ed alle proposizioni lette sui libri già stampati, ripetute da bocche già addottrinate, sparse nelle aule più o meno universitarie del regno.

Costui, di solito, *professa insegnamento*: e questo cibreo impartisce e dispensa, in sulle panche sucide d'inchiostro de' suoi scolari. Vi è di tutto in quanto spiega; ma non sa farne una espressione propria: è ottimo maestro elementare — di elementi —; non sa costruire una sua ragione, un suo principio: non gli domando un suo *Sistema*. Se poi, a vostra volta gli chiedete: «Come vivi, perchè, a che fine?» vi ripeterà le osservazioni e le definizioni dei suoi mille filosofi. A voi che importa saper ciò? Voi volevate sapere il suo pensiero. Egli vi dice *nulla*: dunque, *non pensa*: e lo chiamano *filosofo*.

Costui, se scrive, compone dei grossi, pesi, machinosi volumi, al parere di chi non è digiuno di letteratura di quel genere, fabricati *a forbice*, di cui li stacchi sono incollati coll'unguento sputino o linguino della memoria, per farne scomparire le suture. I fogli così riusciti si attaccano alle dita e vi stingono sopra i caratteri tipografici; questa loro filosofia è propria da manuale, perchè si aderisce specialmente alle mani. Son queste le *Antologie*, passatempi intellettuali per le giornate piovorne dell'autunno campestre; solamente, vi stancate le braccia a reggere il volume, chè ve le stirano a terra, per quanto voi impoltronato, resistiate al sopore del sonno. Eh! sì, terminate coll'esser vinto, se non soddisfatto e persuaso dal testo: già russate. Son questi i libri che appaiono sullo scrittoio dell'uomo politico, dell'oratore parlamentare; ed in cui costoro vanno a pescare que' pochi concetti generali di cui necessitano, per farne pompa, contro il filosofo Luigi Luzzatti, buddista. Dico contro di lui; perchè *quell'altro uomo politico* è quasi sempre un *democratico* di tutte le gradazioni del rosso; perchè quella mondeghiglia è triturata apposta per il cervello democratico, che ha un tenero per il Conformismo, e perciò per l'aurea Mediocrità, che a me assomiglia, come sorella gemella, all'Ignoranza.

Ben altro è il concetto, e voi lo sapete, che mi son fatto del Filosofo: per riassumermi dirò che: «*Caratteristica sua è:* «Sintesi e Concettualità». Il resto appartiene ai suoi glossatori». Queste ed altre simili idee mi vado allevando sotto la penna, dopo di aver palleggiato, or sulli avambracci, or sulle ginocchia, ora in grembo, ora disposto sul leggio, ora sulla scrivania: *L'Uomo nella Natura, nello Stato, nella Famiglia*, un volumone edito dal Drucker di Padova nel 1909; e, mentre incomincio a notare che, nel titolo, lo Stato vien prima della Famiglia, ciò che, nè cronologicamente, nè biologicamente non avvenne mai; confermo che Natura e Famiglia, nella mia Sociologia, si debbono, non confondere, ma aiutare come moglie e marito.

Anche qui, Giuseppe Rota è uno dei molti che si smarriscono senza proprie direttive nella selva selvaggia delle altrui ipotesi; perchè, fattosi faro o stella polare di orientamento, Dio, questo ora gli luccica e lo invita davanti, ora, gli si vela sotto le nubi ed il frascame, ora, gli scompare del tutto, mangiato dalla vorace notte, essendo che il Firmamento della Filosofia sia assai bizzarro, esposto ad ogni bufera; sì che nemmeno li astri intermittenti possono servire di pietra miliare al retto cammino. A Giuseppe Rota sarebbe meglio giovata una minuscola bussola, questa tonda scatolina in cui lingueggia il ferro vivo di calamita, umile gingillo tanto utile, scoverto dall'uomo, più che non affidarsi alle incostanze dei mondi creati da Dio, ed a Dio stesso, sottoposti ad ogni temperie: avrebbe più facilmente doppiato il suo capo delle tempeste, ritrovato il porto, e non sarebbe, come sta tuttora, in alto mare zimbello alle proprie fantasime, che lo illudono e lo martoriano ad un tempo.

Intanto, domando scusa a Giuseppe Rota, se lo carico di un onere superiore alle sue forze per quanto il suo figliuolo abbia dorso ampio e piatto, dico il suo *Uomo nella Natura* etc.: egli deve perdonarmi se di lui, vivo, ho foggiato un simbolo ed un indice di universalità. Intenda le parole che gli invio come fossero dedicate a tutti i suoi colleghi che pensano e scrivono come lui, in filosofia, e che sono Caterva magna. E torniamo al figliuol suo.

Sì! Uh, che librone grosso e a buon mercato! stampato splendidamente con margini larghi, note chiarissime, sopra ottima carta! Bella edizione di 686 pagine in 8 grande, e raccolta d'ogni sentenza antica-moderna sopra il principio, il mezzo ed il fine dell'uomo!

Conveniva scriverne un altro tomo? Non so: so che sono i piccoli libri minuscoli, da tasca, come le rivoltelle di cortissima misura, quelli che rimutano la faccia alla società e necessariamente il costume dell'uomo, come quell'arma proibita serve a difendersi dalli aggressori: le montagne di carta stampata allontanano i lettori e sono almeno per il peso, a portata di pochi: il libro-arma deve essere impugnato anche dalla donna e dal bambino. Quando, ad esempio, in Francia i borghesi portavano nelle saccoccie della marsina *Il contratto sociale*, pochi fogli di carta, e le signore ostentavano sul tavolinetto laccato *La Nouvelle Eloïse*, la testa esemplarmente borbonica di Luigi XVI Capeto incominciava a non trovarsi a suo agio incoronata così.

Ma Giuseppe Rota è un filantropo, e si può dire doni la sua scienza ad altrui purchè ne imparino. Egli riassume da opposte dottrine, rimette al pari ed al passo moltissime sentenze disparate ed eccletticamente le fa concordare.

Se si riattacca a Spencer la sua fede è al disopra e più in là del fenomenalismo; se accoglie Darwin vi aggiunge il *Logos* di Platone. Perciò Dio qui regna sotto formola filosofica tedesca in tutta la sua maestà, produttore di fenomeni non altro fenomeno come è.

Errore fondamentale: Dio-essenza è di là da venire; cioè quando l'uomo giunto al massimo grado di felicità potrà dirsi: «Io ho saputo una volta Me - stesso giunto a questo vertice di vita immensa.» Dio è dunque, e per noi, intelliggibile, chè è una projezione della nostra coscienza; prodotto da noi, parlo della nostra imaginazione maritatasi colla ideologia, Dio, uscito fuori dalla nostra mente, non è per sè, ma per noi, e noi siamo i facitori delli Dei.

Ecco, che se da questo primo concetto essenziale derivano tutte le altre affermazioni del Rota, se egli crede ed ammette Dio, come essenza, in ogni altro campo filosofico, etico, estetico e nelle loro derivazioni immediate, l'errore della premessa lo incalza e dilaga: quindi non famiglia — io direi *coppia* — cellula di natura per la società, voluta dalla necessità d'essere, non animali in continua riproduttiva evoluzione; — ma famiglia — istituto necessario per ragione di logica divina.

Con questo egli ritorna là dove Locke e Condillac, Helvetius e Du Tracy, Giambattista Vico, il Verri e Romagnosi, Lamarck e Darwin trovarono la filosofia e le scienze sperimentali, appena uscite dall'affannoso ritentare del diciasettesimo secolo, collo scetticismo di Descartes, il neo-idealismo fenomenico di Pomponazzo, le confusioni aristoteliche, patristiche, platoniche e la generazione del 1600; epoca inquieta di rifusione, di aberrazioni, di rinuncie e di conquiste, appunto, perchè all'uomo e al cittadino mancavano le precise assisi della sua conoscenza; cioè, all'umanità difettava la ragione della sua coscienza.

Ma oggi non è più lecito dimenticarsi che scrivono Le Dantec e Remy de Gourmont, che Currie ha scoperto il radio, Nietzsche *L'al di là del Bene e del Male*, Stirner l'*Unico e la sua Proprietà* —; non è permesso negare, se si dipende da Spencer, il continuo, invincibile, incalzato procedere delli esseri e della ragione, lo svolgersi ed il mutarsi dei fenomeni. Oggi, il semplice credere e negare non giovano: sterile la *Fede*, sterile l'*Ateismo*; chi nega Dio nega la Natura e sè stesso: ma Dio, non è quello dei deisti, nè meno il proprio dal Rota giudeizzante; Dio è *La forza Vitale* di Giulio Lazzarini; quanto alli uomini, cioè, indusse la creazione virtuale, fantastica ed allenata di un Dio — essenza, bontà, bellezza, giustizia.

Questo fu anche l'errore di Mazzini, per cui molta parte di filosofia venne arrestata e non opera più: le società a venire si plasmeranno sopra il binomio di Blanqui «Ni Dieu — Ni Maître». Credere nella propria energia, che fa, che si attua, che produce significa: «*Credere in Dio*».

Del resto, mi si dice, ed io lo credo volentieri e con piacere, che il maestro Giuseppe Rota, rappresenta, nella varia faticosa e multiforme vita moderna, una nobile figura d'umanista, dotto in molti rami di coltura, un'anima aperta alla bellezza, operosa ed infaticata. — Artista vero, donò la maggiore e miglior parte della sua attività alla musica, vi educò numerosi discepoli; dopo d'essersi sollevato alli astrusi processi ed alle occulte compromissioni dell'armonia, discende nelle cripte dell'animo umano e nelle caverne della società per saperne le molle, li istinti, li scopi, in un ozio latinamente oraziano, in un ecclettisimo ciceroniano, Vi ha scoperto Dio: non fu il solo, ne sarà l'ultimo; ma si comprende facilmente che l'astrazione germanica della musica, lo seguì sin quì, e che egli non è più giovane. — Io lo sento legato indissolubilmente alla *Tradizione*; egli ha forse paura del presente, terrore dell'avvenire; perciò riconosce e torna ad adorare i vecchi idoli, *idola fori*, assisi, metallizzati sui sedili di granito della storia. Questi lo rassicurano ancora come leoni impagliati, pezzi di zoologia da museo; perchè egli come molti altri degnissimi, ma inerti, ha tuttora confidenza nelle verità morte, che sono li errori attuali, e non si affida a quelle vive, a queste presenti, non ancora scritte, ma respirate coll'aria comune, ma agite in ogni istante dai migliori. La Tradizione, colla T majuscola, è l'impaccio: le tradizioni spicciole, minute, d'ogni giorno, quelle che non si scrivono e si imparano coll'uso della vita, li atti primi sociali rimasti istintivi in noi per le serie ininterrotte delle eredità; le tradizioni, spinta iniziale, quando col loro accennare ad una *mancanza*, eccitano a possedere il mezzo per colmarne la lacuna, il desiderio insoddisfatto, l'insofferenza, siano sempre le ben venute. L'una nega: le altre eccitano: perciò i sottili, che confondono, i tipi chinesi, che rifondono l'ieri coll'altrieri, e si ammirano nelle loro infecondità, terminano col trasporre i termini e tutto chiamano Tradizione e tutto ritorna ai trogloditi.

Cerca, oggi, di fissare, per dieci anni compiuti, la fisionomia di una via milanese? Di arrestare per sempre il motivo di un paesaggio suburbano? Tal quale la filosofia: il gesto di quel piccolo stradajolo la sposta, il trafiletto di questo giornalino vince tutti li *in folio* della biblioteca del procuratore Poco-curante o di Monte Cassino.

Bisogna impedire la cristallizzazione: rendere impossibile l'avvento di un'Epoca di stagnante felicità, in cui una razza grassa, tonda, lenta venga a piangere sopra l'atterramento di un vecchio rudere storico, che, in una piazza frequente per commerci e vitalità, impedisca la pubblica ed espansiva circolazione. Vi sono ancora delli uomini di fede democratica che sognano la stagnazione: il socialismo ce lo insegna; è necessario che non trionfi mai, che l'individuo non accorga un piacere nel fare ogni giorno le stesse cose, di sentirsi intorno lo stesso odore, di vedersi vicino li stessi aspetti, di mangiare a quell'ora fissa ed il resto. Bisogna rendere impossibile la consuetudine e l'abitudine e lasciare che li uomini abbiano de' capricci, che i terremoti rinnovino i paesaggi, che il caso regni sovrano: ajutiamolo: così, per adesso, anche il socialismo affamato ed inquieto è per noi.

III. — IL VATICANO CONTRO BERGSON.

La Chiesa, in continuo sospetto della filosofia, specialmente se questa si atteggia a idealista, e cioè, colla metafisica, si vanta di scoprire le verità ontologiche, cui è dato solamente alla teologia di esprimere e di avvalorare; ritenne, poco fa, di mettersi contro il Bergsonismo.

Per l'ortodossia cattolica, impersonata dal Cardinal di Stato Mery del Val, bella definizione di gesuita spagnolo, si ritiene un *quid* simile al modernismo la dottrina di Henri Bergson; la quale, del resto, ha avuto notevole influenza nello sviluppo di quel posticcio confessionale—riformista, che, da Tirrel a Loisy, dal Fogazzaro al Duca Scotti, si avvicendò e si avvicenda con tanto strazio del senso comune, della coerenza storica, delle impellenti necessità della Chiesa. Questa deve essere quanto è; ed i modernisti non si accorgono che non può evolversi, non può mutare, in quanto è, per definizione, la *Verità divina*, essendo stata otrajata alla umanità da Dio stesso, sotto forma di Cristo. Inoltre, questo anfanarsi a rinnovare li istituti confessionali, a collaudare la Bibbia ed il Sillabo colla Scienza è assai pericoloso. Codesto è un bisogno di crisi scettica; e San Tomaso, per sè stesso, ha esaurito tutto lo scetticismo lecito al buon cattolico, perchè altri, dopo di lui, possa aver il diritto d'averne ancora un grano in corpo.

Così, come la Curia di Roma si pose in guardia e condannò, al suo primo apparire, il neo-platonismo di Pomponazzo — essendo Platone il maggior nemico, e voi non lo credereste, di Cristo, perchè la sua morale è superiore a quella dell'altro — subito, davanti alla ripresa di un neo-idealismo, che lentamente si infiltrava anche nel campo chiuso degli studiosi cattolici, e veniva utilizzato da alcuni apologisti cristiani, giacchè l'opera del Bergson appariva loro formidabile antagonista del *Materialismo scientifico*, eccola a mandar scomuniche. A Roma molto più si teme il continuo trasudare di queste teoriche conciliative, nella sua dogmatica, che pare ceda e si sgretoli allo stillicidio pervicace — *gutta cavat lapidem* — che non si abborrì la diretta e violenta opposizione. Roma sa, perchè usa di ogni dì la sua azione secreta e molinista, come la dolcezza insistente e la apparente purità d'intenzioni guadagnino campo nelle anime sentimentali, inquiete e morbose delle sue folle. Che si parli a queste di *Ragione*, quando il *Sentimento* loro è deviato, non importa, non comprendono e non si persuadono: bisogna invece invischiarle, dal senso al sentimento, alla passionalità: e Bergson, che le accarezza e le solletica da questa parte, è assai pericoloso; da che, dice la Chiesa, *non solo il nostro istituto è di fede, ma di ragione: non solo voi dovete essere certi per credenza, sì bene per persuasione.* Quale sia questa persuasione di *Stile Romano* lo seppero da Fra Paolo Sarpi e Giordano Bruno.

Noi, dunque, vedemmo che Bergson nella sua *Evolution créatrice* gitta le basi di una dottrina, che chiamasi da lui *dinamismo bergsoniano*; qui, pure, ammettendo il riconoscimento di un Dio personale ed il bisogno di una vita spirituale, viene dai cattolici ortodossi giudicata pericolosa, perchè contiene i germi di una filosofia che *nega l'intelligenza* secondo il concetto tomistico, avendo punti di contatto e di analogia sul metodo dell'*Immanenza* per cui Laberthonnière fu condannato. Vi ho già detto che, per San Tomaso, l'*Intuizione* — giacchè la condanna vertì proprio su la *Intuizione* — è fenomeno puramente trascendentale, e di questo non sono gratificati che li Angioli, i quali possono far senza di *Intelligenza*, essendo per sè l'Intelligenza. E Bergson, appunto, dota di *Intuizione* l'uomo, ma a detrimento della *Ragione*; però che l'Uomo non è l'Angiolo, e non volendo il primo fatto capace di verità subitanee, non può essere nè meno possibile di verità razionali.

Povero Bergson, che vuol anche fare il padre della Chiesa in questo quarto d'ora di reazione! I teologi più ortodossi gli sono ai garretti, rabbiosi come bestie bibliche, latrando come i Cerberi della divina istituzione in pericolo. Il primo *allalì* venne strombettato da Giacomo Maritain, filosofo di tempra alla Dum Scoto; e la serie di lezioni che fece quest'anno alla *Facoltà teologica* si distese in confutazioni dell'opera bergsoniana. A lui succede, ora, la parola della suprema autorità ecclesiastica; la quale, per bocca del Cardinale segretario di Stato, fa parlare il Pontefice come vuole Mery del Val.

Il documento, che preconizza un prossimo atto delle Congregazioni competenti, è indirizzato a Monsignor Farges, che scrisse un opuscolo contro il Bergson, e dice in sostanza:

«In presenza delle false teorie di questa nuova filosofia, che dovrebbe scuotere i grandi principî, le verità acquisite dalla filosofia tradizionale, doveva levarsi una voce autorizzata per smascherare e confutare questo errore, per combattere questo veleno del modernismo filosofico, tanto più funesto e dannoso quanto più è velato, sottile e seducente. E ciò è appunto quel che voi avete fatto colla competenza che vi è da tutti riconosciuta, in un lavoro di critica serena, imparziale e obbiettiva. Il Santo Padre se ne rallegra con voi, che avete così aggiunto alla serie delle vostre opere filosofiche, un'opera destinata a fare del bene alle anime, specialmente della gioventù, preservandole dai danni derivanti da queste dottrine erronee e riconducendole alla verità, aiutandole a orientarsi verso la luce sicura della filosofia tradizionale».

A queste critiche può promettersi di rispondere il filosofo sconfessato, nel corso delle lezioni che egli terrà quest'altr'anno al Collegio di Francia; ma, per conto nostro, che nulla abbiamo a che fare colla Chiesa e coi Teologi, la condanna, che questi hanno dettato su di lui, risponde ad esuberanza al nostro principio critico: il quale si limitò a provare che la filosofia bergsoniana è *quella della contradizione e della confusione, perchè non ha rispettato i supremi diritti della Ragione*, che in filosofia sono tutto. Se adunque la Chiesa condanna i sistemi, che sotto una forma od un'altra attaccano ed indeboliscono la ragione umana, come fonte di conoscenza, essendo quella il preambolo intellettuale, necessario alla Fede; come dovrà comportarsi il *Razionalismo sperimentale*, che della Chiesa stessa rileva l'*Assurdo filosofico*, la M*enzogna scientifica*, l'*Inganno teocratico?* Sarà il primo meno logico e coraggioso della seconda? Vorrà essere più umana la Fede della Scienza? Per carità; affrettiamoci a condannare a morte la dottrina bergsoniana, prima che la Chiesa si vanti di aver impedito l'ultimo oltraggio alla *Ragione umana*, e pretesti d'essere, oggi, tra l'incuria di tutti, la naturale protettrice del buon senso e della scienza. Ciò che noi non gli permettiamo mai di dire, e tanto più di fare.

IV. — CARLO CATTANEO VISTO E UDITO DA GIUSEPPE ROVANI, RACCONTATO DA CARLO DOSSI.

Il capitolo quinto della inedita ed incompiuta *«Rovaniana»* di Carlo Dossi — ch'egli affidò a me perchè, di sulle note degli altri non ancora redatti distesamente, questi scrivessi in modo da rappresentarli, non a perfezione, come egli avrebbe potuto fare, ma almeno bastantemente, perchè l'opera sua non portasse lacune — questo capitolo quinto, s'intrattiene, singolarmente e specialmente, dei rapporti che Giuseppe Rovani, giovane, ebbe col Cattaneo, a Lugano nel 1850; quand'egli, rifugiatosi a riparare in esilio le possibili rappresaglie austriache, vi era convenuto coi più grandi nostri esuli a dar maggior animo e violenza alle pubblicazioni di Capolago, e specie, a quell'*Archivio triennale*, granaio di documenti e di osservazioni, che lo storico moderno *ad usum delphini*, dico il Luzio, sembra, oggi, trascurare, quando non disprezzi; però che la verità non vi porta velo ed accusa l'antico servidorame ed i relativi padroni, della maggior parte delle colpe, per cui fu sanguinosamente inutile, per il successo, generosamente maestra, per l'avvenire, e non ne tennero conto, l'epopea del quarantotto; che, incominciata a Milano, cessò a Venezia, ambo tradite, con Roma, dal livido savoino ambizioso.

Estraggo lo scritto di sommo interesse per noi, gli dò voga sollecita e precoce. Il Dossi ci espone i famigliari colloquii dei due grandi, dond'egli cavò, come da inesauribile miniera, aneddoti, curiosità, giudizii, che giova rimettere in circolazione, per cancellare quelli altri delle favole interessate, moneta, se pur in corso, falsa e forzosa, bollata da quella tal scienza storica di cui sopra. E corriamo al testo prezioso.

In esilio

Caduta anche Roma, Rovani seguì la sorte dei vinti, dispersi dai soldati del generale Oudinot. Risalì in Lombardia, tornata nella dominazione austriaca e raggiunse il confine svizzero, facendo la traversata da Como a Chiasso sotto un carro, disteso nella branda del vetturale. Nel Canton Ticino, fra quella brava gente così premurosa per gli stranieri che spendono e pagano, s'incontrò con molti profughi, che avevano già capitanato la rivoluzione italiana: Carlo Cattaneo, Giuseppe Mazzini, Giuseppe Ferrari, Pisacane, Gustavo Modena ed altri ed altri.

A Capolago, dov'era stata fondata da parecchi ardimentosi patriotti la *Tipografia Elvetica*, che continuava, colla stampa, la guerra santa d'Italia contro gli oppressori antichi e i traditori nuovi, Rovani collaborò nell'*Archivio triennale* e pubblicò quel volume su Daniele Manin, di cui già tenemmo discorso; volume che non solo è storia politica, tessuta da un testimonio oculare, ma è finissimo studio psicologico del dittatore veneziano.

Viveva egli, allora, in assidua famigliarità con Cattaneo. Non è a dire quanto il contatto col grande lombardo — quell'uomo il cui solo nome provoca l'ammirazione e desta l'entusiasmo — gli giovasse e come, pur serbando la nativa originalità e l'inesauribile arguzia, assorbiva da lui la vastità del concetto, e la prodigiosa efficacia della frase, quel modo epigramatico e potente di critica, che tentò pel primo[3]. Al genio di Cattaneo diventava famigliare qualunque cosa, soltanto vi si accingesse. Chi chiamò poesia scientifica i lavori di lui ha colto nel segno. Scrive di tutto e di tutto meravigliosamente bene, e nel *Politecnico*[4], che è il *corpus*, per così dire, della sua opera, si rammentano gli splendidi suoi riassunti della storia universale di Léo, quello sulla storia dei normanni del Thierry, il tremendo crollo che diede alla chinese economia di Listz, l'eloquenza statistica, onde espose alle fischiate d'Italia le ignoranti bugie dello Chasles, gli studi profondi della questione carceraria, le dotte divagazioni nei campi della linguistica; si ricordano, in quei lavori, ch'egli intitolò «*Varietà chimiche e geologiche*»[5], e, nella sfera della letteratura, il parallelo tra Schiller e Alfieri, e le altre brevi e succose e scintillanti recensioni di varie produzioni letterarie, che in tutto assomigliano alle care e incomparabili sinfoniette della prima maniera di Rossini.

Rincresce che dei colloquii fra Cattaneo e Rovani non siasi pressochè nulla salvato, ad eccezione di quei tratti frammentari, che Rovani stesso piaceva talora a voce di rammentare; poichè sebbene Cattaneo — in ciò come Manzoni — diventasse in presenza di numerosa compagnia minore di sè medesimo, od anche mutolo, riacquistava, dinanzi a pochi, il suo poderoso eloquio, in cui l'idea era una cosa sola colla forma, assurgendo ad altezze inaspettate nei fidi dialoghi con un amico.

E ciò, non solo nei temi più vasti ed universali, ma perfino nell'aneddoto personale e nel frizzo fuggevole.

Valga però l'osservazione già fatto per Rovani, di non accettare come definitivi i giudizi dati da lui a quattr'occhi. Il suo ingegno esuberante gli prendeva talora la mano e gli faceva dire cose spesso paradossali, che poi con la riflessione, se anche non avrebbe interamente rifiutate — certo avrebbe attenuate.

---

3 Negli scritti di Rovani si trovano trasportati di pianta e fusi molti modi di dire di Cattaneo, per es.: il *tubare della giovialità, nella vastità dei due mondi*; l'uso frequente dell'*onde*, come nesso gramaticale così utile; la frase *tessuto cangiante*, riferendosi a certo genere di stile, per la prima volta usata da Cattaneo (*Scritti vari*, pag. 183) poi rimpiegata da Rovani. Così la parola *impiombatura*, nel senso *di cosa che non muta*, parola-imagine felicissima della lingua milanese. (*Scritti vari*, vol. 3. pag. 146).

4 *Il Politecnico*, pubblicato dal 1839 al 1844. Poi ripreso dal 1860 al 1865.

5 Ripubblicate, in parte, nelle *Notizie naturali e civili sulla Lombardia, 1842, Milano*, di cui non uscì che il I volume.

Trascegliamo qualche esempio: Alcuni francesi repubblicani, venuti in Italia, durante la tirannide austriaca, e trovandosi con Cattaneo, Maestri, Correnti, si meravigliavano come la Lombardia potesse tollerarli, facevano uno scialacquo di promesse dicendo: verremo noi a liberarvene. Cattaneo irritato dalle spampanate di costoro uscì a dire: «Ma noi stiamo benissimo come stiamo. Questi austriaci ci fanno il soldato; ci guardano dai ladri; ci fanno da giudice; ci riscuotono le imposte e non abbiamo a far altro che a grattarci, con nostro comodo, i coglioni. Vi accorgerete voi» — aggiunse rivolgendosi agli amici — «quando vi toccherà di fare vojaltri *el todesch!*»

Ma più forse che coll'Austria e colla Monarchia, Cattaneo l'aveva coi cosidetti *sciori de Milan*, che avevano dato que' bei campioni del 1848 col presidente Casati e gli altri della Municipalità d'allora. Cattaneo era perciò meno discorde del Governo austriaco di quanto sembrava. L'Austria, infatti, sosteneva, in Milano, la plebe contro i signori, che le erano contrari ed avevano preso parte alle congiure contro di essa. Non fu veramente Cattaneo, che spinse il popolo contro il dominio straniero, ma il popolo tutto intero, che trasse Cattaneo con sè: difatti, egli mirava, almeno, sulle prime, ad ottenere riforme popolari dall'Austria, più che alla ricostituzione di una Italia unica ed indipendente, tanto che, quando il popolo rumoreggiava in piena rivolta nelle strade, disse: *«I fioeu han tolt la man ai papà»*. Si potrebbe aggiungere, che gli stessi figliuoli, appena sbollita la scalmana del 1848, — tornarono a gridare:

«Viva Radetsky,

e viva Metternich;

Morte ai sciori!

Evviva i poveritt!»

E, nella sua vita giovanile, Cattaneo, cercatissimo dal bel sesso, amò la contessa Perticari, figlia di Vincenzo Monti, già donna matura. E gli piaceva di starle seduto a ginocchi, posando nel grembo di lei — come Amleto in quello di Ofelia — la sua bella testa ricciuta, e volgendo verso di lei l'ampia fronte, nella quale i pensieri parevano passeggiare a tiro di quattro. La Perticari gli consigliava intanto di non passare mai una nottata intera con una donna, se voleva serbare la illusione amorosa. La Perticari, dicono, faceva copiose corna al marito, benchè ricco, benchè conte, benchè uomo d'ingegno, perchè il fiato di lui puzzava orrendamente.

Fu ai giovani tempi di Cattaneo che si celebrò la pace fra i classici e i romantici, che si erano tanto derisi e vituperati. E, per solennizzarla, si bandì un gran banchetto al quale intervennero i superstiti delle due scuole, e in cui i piatti si alternavano nei due stili; dopo una semplice *sleppa* di bove omerico, seguiva un bodino d'indivia in forma di torre gotica, dopo un *gigot* classico, una *mondeghiglia* romantica, dopo un pasticcio di Strasburgo romantico, un sorbetto di pura panna di vacca classica.

Un altro pranzo, che fece qualche rumore, fu quello di Cattaneo ed altri riunitisi per festeggiare il ventesimo anniversario della loro uscita dal collegio Ghislieri di Pavia. Finito il pranzo, al momento dei brindisi, si propose che ciascuno confessasse, a voce alta, il peccato dolce più grosso della sua gioventù. Ciascuno raccontava i più salati; solamente il canonico Ambrosoli, peritissimo anche in questo argomento, taceva. Ma Cattaneo gli si volse improvviso e con aria, scherzosamente aggressiva: «E tu? Perchè taci? Ma parla! Almeno per pudore!»

Quando Manzoni, dopo lungo combattimento colla memoria della prima moglie adorata, si decise a prendere, in seconde nozze, donna Teresa Stampa Borri, Cattaneo, che aveva saputo innanzi d'ogni altro quella notizia, incontratosi con un conoscente: «Sai,» gli dice «che cosa sta per fare don Alessandro? Sai, che troppo coraggioso, come patriota, non è mai stato; anzi, a dirla tra noi *l'é on spauresg*; ma, in fondo, don Alessandro, è più liberale:.. ebbene... — «Ebbene?» — domanda il conoscente — «Ebbene,» riprende Cattaneo, «Manzoni attenta alla libertà della stampa...» È forse questo il solo bisticcio del grande uomo.

Ci fu assicurato, e noi l'abbiamo ripetuto, che Cattaneo era, in giovinezza bello e in ogni età affascinante. Ma non volle mai lasciarsi ritrattare... Gaetano Strambio, medico egregio, tentò più volte con pretesti, di condurlo da un fotografo, ma inutilmente. Egli se ne schermiva e sfuggiva come un cane che fiuti l'accalappiatore. «Non mi sono fatto fare il ritratto» — osservava — «quando ero giovine ed avevo un bel faccino. Pensate se lo debbo far, ora, con questo brutto muso!» Ernesta Bisi, pittrice, che morì improvvisamente a Corneno al Segrino, gli aveva schizzata e donata un effige di lui in matita, che Cattaneo non poteva soffrire; e, se qualcuno gliene chiedeva e doveva mostrarla, esclamava: «vedete che faccia da (e qui un vocabolo intraducibile) mi ha fatto!»

Preziosi sono, poi, i suoi scritti per farci conoscere autori che noi, anche leggendoli, non sempre comprenderemmo, o perchè noi manchiamo delle cognizioni bastevoli, o perchè sono autori mortalmente nojosi. Ma Cattaneo legge per noi: ci sgombra tutte le parti puramente zavorra di un libro, e ce ne dà il sugo. Quanto tempo si risparmierebbe se fossero, per ogni opera, sì fatti stacci, simili lambicchi. Cattaneo, colla luminosa sua critica, attraversa la mente, spesso nebbiosa e confusa degli autori, che egli esamina e mostra a loro stessi la via che essi hanno, taluna volta, inconsciamente percorsa.

Consigliere sommo in fatto di letteratura — suggeriva ai giovani — di scrivere di primo tratto le idee come loro venivano in capo, poi, di cancellare tutte le parole inutili, finalmente, di riannodare lo scritto colle solite particelle congiuntive. Per parte sua, correggendo col tocco della sua penna magica i più scadenti articoli che gli venivano presentati per essere stampati nel *Politecnico* — rivista da lui diretta — li rendeva tutti, non solo leggibili, ma interessanti e perfino attraenti. Un giorno, Omboni, professore di geologia, gli disse che doveva scrivere un articolo sulla ferrovia dell'Engadina, ma non sapeva come incominciare. Cattaneo rispose: «E tu non incomincia».

Agilissimo era l'ingegno di Carlo Cattaneo, ma tanto quanto *flaneur* per ciò che riguarda l'esecuzione. Nel 1843, non risolvendosi mai a scrivere l'introduzione alla sua opera sulle *Condizioni civili e naturali della Lombardia*,[6] che stava stampando l'editore Daelli di Milano, mentre urgeva di darla alla luce per le molto promesse annunciate, Daelli chiamò un giorno Cattaneo a sè, ed accennandogli la porta di una stanza vicina, disse: «C'è là qualcuno che l'aspetta; Cattaneo entrò, ma tosto sentì chiudersi a chiave l'uscio e la voce di Daelli, che gli diceva: «Scusi, ma Ella non uscirà finchè, non abbia scritta l'introduzione». In quella stanza era un letto, erano libri e un campanello. Cattaneo si rassegnò e in tre giorni scrisse, giovandosi della sua sola memoria, la splendida sinfonia del suo lavoro. In quei giorni non si cibò che di uova e caffè. Quando si sentiva mancare la lena, si alzava e lavava la faccia con acqua fresca, che era il suo modo di rieccitarsi l'imaginazione.

Nel '48, l'*Istituto lombardo* lo nominò segretario generale perpetuo. Era per lui, onniscente, il suo vero posto. Rinsediatosi però il governo austriaco in Lombardia, Cattaneo dovette esulare e si ritirò a Castagnola, sul lago di Lugano, ad insegnare filosofia. Venne il '59 e la libertà. L'Istituto lombardo confermò la sua deliberazione del 1848. Se non che, Cavour, e fu uno degli ultimi atti del suo ministero, cancellò piemontesemente la deliberazione. E così Cattaneo, splendore di Lombardia e d'Italia, venne bandito dalla Italia nuova, com'era stato dalla vecchia. Ciò lo afflisse profondamente e forse determinò il suo atteggiamento politico. Ben fu cercato poi e pregato da Mateucci, ministro, perchè tornasse alla vita dell'insegnamento italiano; ma la ferita era ancora aperta e rifiutò.

Anche come deputato nazionale, non ebbe miglior fortuna; questo però non per colpa d'altrui, ma sua. Poichè, eletto nuovamente a Milano nel 1867, si recò bensì a Firenze ma colà stette un mese, indeciso di giurare o no; di carattere sostanzialmente timido, uomo più di studio che d'azione, egli diceva agli amici, che lo sollecitavano a prendere il suo posto alla Camera: «Che vado a fare in mezzo a quei *bagoloni*? mi metterebbero in un sacco». E diceva anche: «... *sti napolitani, che quand scriven ben, scriven insci mal. Te consegni, poeu, quand scrìven mal. Ah, mi torni a Castagnola*»[7].

---

6 *Gazzetta di Milano*, 10 gennaio 1860: *Sulle condizioni civili e naturali della Lombardia*.

7 Anche Manzoni rifiutò, nel 1849, di far parte del Parlamento subalpino per ragioni fisiche, che a lui impedivano di avere la parola pronta ogni qualvolta volesse, per un temperamento, così morbosamente squisito, da renderlo al tutto inetto ai

Il ricordo e l'invocazione della sua Castagnola, venivano spesso sulle labra di Carlo Cattaneo; quando, obeso di scienza e di genio diceva: «Mi pare talvolta di essere un vecchione,... un vecchione e di avere almeno tre, quattro mila anni sulle spalle;... direi quasi di essere un egiziano, un babilonese, un ninivita... se non mi trovassi a Castagnola».

Abbiamo già detto che Cattaneo aveva parecchie antipatie invincibili, oltre quella contro i *sciori de Milan*. Altre erano contro a talune persone, non per capriccio s'intende, ma sempre a ragione; e noteremo, principalmente l'antipatia contro Cesare Cantù, il noto industriale di Storia. In ciò aveva partecipi, molti fra i migliori, basti citare Alessandro Manzoni, una fra le vittime delle piraterie canturiane[8], il Brofferio[9], Rovani, che ne fece magistralmente il ritratto ne' suoi *Ladri della fama*[10], il teutonico Mommsen, che lo chiamava: «quel ciarlatano»; A. Bianchi Giovini, che cominciò a scrivere un'opera per raccogliere tutti i madornali spropositi della *Storia universale*, ma dovette smettere, forse perchè la mole del suo libro minacciava di oltrepassare quella dello stesso Cantù[11]; Cesare Correnti, e la lista non ha fine, così da dare, alla disapprovazione generale, il carattere di un plebiscito. Ora, Cantù, scrivendo un giorno a Cattaneo, lo aveva chiamato fiorentinescamente, a modo di vezzeggiativo, «coso». Figuratevi il cane *pinch*, che ardiva trastullarsi colla poderosa zampa del lione! Ma Cattaneo, che odiava tutte le smancerie, gli rispose con parecchi versi, in cui, dopo di avere accennato ai vari significati di quella espressione concludeva:

«Coso volea dir cazzo,

oggi, vuol dir carissimo;

dimmi, Cantù chiarissimo,

carissimo Cantù,

saresti un coso tu?»

Dopo Cantù, era Nicolò Tommaseo che dava sui nervi a Cattaneo. Quando uscì il *Fede e Bellezza* del dalmatino, Cattaneo diceva agli amici, che tentavano di difenderlo: «Ma guardate un po' che porcheria!» e loro leggeva una delle non poche frasi ipocritamente oscene del libro, per es.: «*le labbra conglutinate dell'amante tisico che bruciavano l'amante*»[12]. E, furioso contro il gesuitico e toscasineggiante stile del Tommaseo scrisse quella sua critica famosa, sul *Fede e Bellezza*, che polverizzò, col formidabile umorismo lo sconcio libercolo. Cattaneo non poteva sopportare quel pedante, anche pel genere de' suoi amori, e, udendo da Samuele Biava (l'autore delle *Melodie italiche*) che Tommaseo amoreggiava con una sua serva, esclamò: «Ecco gli amori di Tommaseo! Sempre serve! *nanca ona camerera!*» E qui

---

dibattiti parlamentari.

8   Nota i furti di Cantù sui *manoscritti dei Promessi Sposi*.

9   J'eu vist Cesar Cantù,
      Con duu cros berlicà de fresch,
      dai gesuita e dai Todesch»

      (Brofferio, *El congres d'Milan*, ottobre 1844. «Poesie piemontesi».

10   *I ladri della fama*, pubblicati, la prima volta, nel 1857 in uno delli ultimi numeri dell'*Uomo di Pietra*, l'ultima, sulla *Riforma illustrata*, anno I, 4ª dispensa, Roma 1885.

11   *Sulla storia universale* di Cesare Cantù. Studi Critici di **A. Bianchi Giovini**, dispense tre, Milano, Stabilimento Civelli, 1846. Cantù, per es. prendeva dal tedesco, in traduzioni malfatte, notizie di questo genere: «i Cimbri scesero nel *Potale*», senza accorgersi che non si trattava di un luogo così chiamato, ma *della valle del Po* (Pothal).

      In un volumetto — *Cesare Cantù, giudicato dall'età sua — Milano, editore Levino Robecchi 1881*, a pag. 108 si è stampato: «*Il Cavaliere Cantù*» che correva manoscritto. È firmato **G. B.** ma pare, anche da ricordi del compilatore del presente volume, che fosse di Correnti.

12   Molti versi, anche lubrici di Cattaneo, ma saturi d'ingegno, si trovavano presso Agostino Bertani. A Cattaneo si attribuirono anche, quando in occasione di essersi slargata la *Corsia dei Servi* (ora *Corso Vittorio Emanuele*) in Milano, giravano quelli fatti da certo d'Alberti dell'ospitale Maggiore, i seguenti: «*Sur podestaa ch'el senta — cosa serv slargà strad e fa spes bozzaronn: — invece de slarga quella di serv — ch'el strengia on poo quell'altra di padronn*».

verrebbe il destro di aggiungere il giudizio di Manzoni, che, sentendo tale una sera levar al cielo il dalmatino, saltò su a dire: «*l'è ora de fenilla con sto Tomaseo, ch'el gha on pee in sagristia e vun in casin*».

Anche Cesare Correnti ed Achille Mauri non erano, come si dice, sul libro di Cattaneo: Mauri, infatti, durante le cinque giornate del 1848 si tenne sempre prudentemente in casa. «Che si aveva da fare?» — raccontavano poi — «Si facevano delle grandi partite a tarocchi». Quanto a Correnti, il Cellini dello stile come lo battezzò Rovani, carattere molle, pieno di dubbi e di piccole vigliaccherie, non era ben visto, nè da Cattaneo, nè da Mazzini, due lame che non si piegavano. Cattaneo si limitava a chiamarlo: «*quel cagon*». È nota la meschina figura fatta, come segretario del governo provvisorio,[13] e ciò trovasi registrato nell'*Archivio triennale*, specialmente in una sua supplichevole lettera al Cantoni. Per incarico di Mazzini, avrebbe dovuto recarsi a Venezia a far propaganda in favore della repubblica; ma, avendo nel suo viaggio, toccato il Piemonte, vi si lasciò così bene accerchiare che, ito poi a Venezia, si diè a caldeggiare la causa dell'Annessione. Correnti, come Cristoforo Negri, dal quale fu sussidiato e insieme chiamato «*quel strascion*», fu sempre devoto al principio della autorità costituita. Apparteneva a coloro del Governo Provvisorio milanese, che avrebbero voluto fare la rivoluzione, come dicevasi allora, colla licenza della autorità austriaca. Quando insediatasi l'Italia a Firenze, Cattaneo vi fu, Correnti cercò ogni modo di far la pace con lui. Molte persone amiche di entrambi s'intromisero. Ma Cattaneo rispondeva sempre: «non parlatemene» e Correnti rimase col suo desiderio.

Fu scritto che Cattaneo era prima lombardo, poi italiano. Si potrebbe anche osservare che, prima di essere uomo politico o scienziato, era — e sopratutto — letterato. Egli avrebbe forse potuto tollerare un errore, una stonatura nei primi due campi, non mai nell'ultimo, donde la maggior ragione di parecchie sue antipatie contro uomini politici, come Cavour, Rattazzi e simili; non solo, perchè politici dissenzienti con lui, ma perchè, in essi, non c'era — come diceva Brofferio — traccia di lettere e d'arti; erano digiuni di ogni filosofia, chiusi ad ogni raggio di poesia; non erano, insomma, italiani se non per essere nati al di qua delle Alpi.

Ma noi, in questo capitolo, volevamo parlare principalmente di Rovani, e, invece, ci siamo occupati, quasi esclusivamente, di Cattaneo. Non domandiamo però ai lettori che ci perdonino: Rovani e Cattaneo sono due stacchi di una medesima stoffa preziosa; sono due scheggie di una stessa aurea pepita. Eguale è il valore di entrambi.

---

13   Del Governo provvisorio di Milano, nel 1848, e degli avvenimenti d'allora, Correnti conosceva molti curiosi aneddoti, tuttora inediti, che raccontava nel modo più saporito e di cui ricordiamo i seguenti:

Quando Correnti si presentò, colle mani incrociate al famigerato conte Bolza carcerato; quel Bolza sul quale Cattaneo, richiesto che se ne dovesse fare, aveva risposto «*se l'ammazzate farete opera giusta; se non l'ammazzate, farete opera santa*», il Bolza, attendendosi una pistolettata, gli disse: «*mi uccida pure, non ho paura*». Correnti lo rassicurò in modo che Bolza gli gettò al collo le braccia e lo baciò; poi traendosi di tasca una funicella, e mostrandogli una trave: «Se Lei tardava mi avrebbe trovato là». E a Correnti, che lo interrogava sulle spie dell'Austria, rispose che ce n'erano tante e tante ambivano di esserlo, che, per provvedere regolarmente alle loro paghe, senza che l'erario ne scapitasse, o che qualche cosa ne trapelasse, si era incaricato della missione di pagarle certo fido rigattiere di quadri; il quale teneva scritto il nome di tutte le spie della città e dintorni dietro tale quadro, che nominò, esistente nel suo bugigattolo. Correnti si recò subito dal rigattiere, scoperse il quadro; ma, fra i moltissimi, non lesse i nomi di Cantù e Maffei. Anzi, in un registro di polizia trovò una nota in cui si tacciava il primo di liberale, e quanto all'altro era detto: «*Maffei è un fanciullone che riporta le cose senza saperne il valore*». Fra le spie erano invece Felice Turotti, un Barbieri, traduttore di romanzi e di drammi francesi, d'animo acre, che da Londra, facendo il mazziniano, informava la polizia con letterine di questa fatta: «*Eccellenza. L'individuo tale passerà da Lugano. Stia certo che non mi sfuggirà. Lo attenderò al varco*». Turotti finì poi nascosto in un villaggio. Sono noti i versi sul Maffei, attribuiti a Rovani da alcuni suoi amici, ma dello stesso Correnti, com'egli medesimo lo disse, parlando col Dossi:

«Quale usignuol che le convalli allieta,
Qual soave di flauto melodia,
La tua voce, o dolcissimo poeta,
Per l'ampia volta della Polizia,
Pel tacer della notte amica e queta,
Soavemente echeggia e fà la spia».

V. — LA FILOSOFIA DI GIOVANNI BOVIO E LA TERZA ITALIA.

Il 28 marzo 1910, i Repubblicani Fabrianesi onorarono, nella loro città, apponendo sul palazzo del Comune due lapidi alla memoria loro e pubblicando un numero unico, Giovanni Bovio ed Antonio Fratti.

Fu in quella occasione che scrissi quest'altra brevissima pagina sull'opera boviana, e composi l'epigrafe, oggi incisa nel marmo, che Nicola Brunelli decorò coll'effigie del Filosofo di Trani, per cui ripensò l'Italia ultima col cervello di Bruno e di Vico, attendendo, come costoro, d'essere scoperto dal più saputo fra duecento anni.

Due furono le lezioni in cui ebbe forma l'epigrafe a lui dedicata. Amo ripetervele qui, perchè stampate in sui giornali di quel dì saranno già annegate nell'oblio; la seconda fu quella scelta perchè, più sintetica, si adagiava meglio nel breve campo destinato, dopo la scoltura, all'arte delle parole.

I.

GIOVANNI BOVIO

SOSTITUÌ AL DOGMA LA SCIENZA,

AL PRINCIPE IL POPOLO.

PER LUI, DAL CIELO ALLA TERRA, L'ITALIANA FILOSOFIA

VOLÒ VESTITA DI POESIA PERENNE

RIPRESENTANDO TUTTE LE LIBERTA;

IL SUO ROSSO AMORE ARMÒ LA RAGIONE

CONTRO LE MENZOGNE ED IL DELITTO POLITICO.

———

DALLA CATTEDRA AL PARLAMENTO,

ESEMPIO E FACONDIA INCESSANTE,

ADDITÒ LE VIE SICURE AL DIVENIRE

NAZIONALE, GLORIOSO, REPUBBLICANO.

II.

GIOVANNI BOVIO,

DALLA CATTEDRA AL PARLAMENTO,

ESEMPIO E FACONDIA INESAUSTA,

TEMPRÒ DI AMORE LA RAGIONE,

RINNOVÒ, PER GENEROSA REPUBBLICA,

L'ITALICA FILOSOFIA,

ASSICURÒ AL DIVENIRE LA DEMOCRAZIA,

CONTRO LE MENZOGNE ED IL DELITTO POLITICO,

VERSO TUTTE LE LIBERTA.

———

I REPUBBLICANI FABRIANESI

23 MARZO 1910.

A Italia nuova — cioè riunita e non rinnovata — spettava una nuova filosofia. Gliela porgeva Giovanni Bovio, se quella avesse voluto intenderla: non la intese perchè alla Nazione si sostituì lo Stato, che è, per oggi, monarchico.

«Lo Stato è sempre un peso immane; pure bisogna pagarlo alla Società col prezzo del lavoro, come alla natura pagate la vita col prezzo della morte. Da giovinetto» diceva il Bovio, «fui persuaso che bisogna rassegnarsi allo Stato come alle sepolture. Oggi è sepoltura scoperchiata ed ammorba». Oggi è monarchia ed avvelena.

Dallo Stato, Giovanni Bovio ascendeva a tale comunità per cui «l'umanità, mallevata dagli Stati Uniti del mondo, fosse per pervenire nell'ultimo termine concessole dalla Storia». Colà, si sarebbe giunto passando per le Nazioni; le quali non trovano possibilità ed assetto se non nella Repubblica. E da vicino Antonio Fratti, l'eroe di Domokos, che nello stesso giorno Fabriano industre e libera commemora col filosofo nostro, gli veniva a ripetere a corollario: *La Repubblica ha nel suo proprio seno tutti i possibili progressi sociali*».

Ma vi ho detto che lo Stato d'Italia, sepoltura scoperchiata che ammorba, non consentì che l'Italia Nazione professasse la filosofia che Bovio le andava spiegando e vivendo, ad esempio, davanti.

Poichè lo Stato, anche etimologicamente, esprime l'immobilità; e la monarchia, coi suoi potentati gerarchici e feudali appresta i chiodi, i martelli e i manigoldi per inchiodarlo assolutamente, caso mai volesse muoversi. Poichè lo Stato, oggi concepito e messo ad operare sopra l'individuo e dalla ragion aulica del regno e dal materialismo storico marxista, divide i cittadini in *troupeaux et bergers*; ed il governo nostro clerico-social-riformista-costituzionale ne è la miglior prova. Esso tende a sostituire, alla spinta dell'interesse individuale, un interesse comune cui nessuno partecipa; esso obbliga l'individuo alla comunità, la quale deve, invece servire alla maggiore e migliore espansione delle forze individuali, per cui, in un ambiente propizio a questa coltura di energie più belle e coscienti, ciascuno sappia quanto debba al suo vicino, e tutti reciprocamente siano responsabili dei loro atti. È ora che l'individuo esca dalla tutela dello Stato e che ciascuno sia responsabile di sè stesso: incominciamo a disabituarci delli dèi; cerchiamo di far senza dello Stato. Però che la libertà consiste nel far quanto si deve volere e non nell'essere costretti a fare quanto non si deve, ed oggi sentiamo i *mali della libertà* appunto, non possedendone che una percentuale.

In terra nostra, la semente boviana non ebbe messe. Egli, che aveva drizzata la poesia a vestire di imagini la storia e le scienze filosofiche, è compitato come una curiosità dai bacchettoni del giornalismo promiscuo, quando, ne' casi difficili, ricorrono ai suoi libri, sfogliandoli in biblioteca. Egli, che aveva *fatto il nuovo filosofico* dalla nostra italica tradizione, è un incompreso; rimane un *Maestro religioso ed eretico* in venerazione dei suoi discepoli napoletani, che gli hanno eretto una catedrale d'amore e di dottrina, ma che non possono, per quanto vogliano, bandirlo vittoriosamente alla patria, già che questa in vita lo ha rifiutato. Lo ha rifiutato perchè acconciatasi alla greppia monarchica.

54

Egli si dispose, da Pitagora ad Ardigò, da Giordano Bruno a Mazzini, da Giannone a Filangeri, da Gian Battista Vico a Mario Pagano ed a Romagnosi. Egli aveva quindi condensata, rifusa e trasmessa tutta la ragione storica, etica e biologica del nostro passato, del nostro presente, del nostro divenire.

Non completamente contemporaneo, nè discepolo loro, conobbe da presso Carlo Cattaneo, Mazzini, Ferrari.

Carlo Cattaneo, anima generosamente lombarda, arguta e profonda; scientifico-quadrato logico come una formola matematica, persuaso della marmorea stabilità del suo stile: Mazzini, anima divina italiana, che spandeva la luce delle sue convinzioni costantemente e musicava la sua parola con un fervore materno di fascino ininterrotto: Ferrari, federalista, filosofo di un materialismo scientifico alla Lucrezio ed alla Condillac, espresso per apoftegma e per ragioni prime iridate di paradossi, che egli lanciava come giavellotti dalla sua cattedra e dal seggio parlamentare: Giuseppe Ferrari, a cui fu dato, al *Parlamento Subalpino* dal Conte di Cavour la facoltà di pronunciare, in seduta, per il primo la prima volta, il nome formidabile di Mazzini tra i mormorii del ventre legislativo sordi e reprobatori.

Bovio ci aveva dato in mano, adunque, senza ricorrere ad euforiche sollecitazioni straniere i mezzi per arrivare alla nostra conoscenza di italiani moderni e le armi colle quali noi potevamo farci valere: noi preferimmo rivolgerci altrove.

Si scardinarono dal gelido settentrione li Spencer, li Engels, i Marx: e noi avevamo già detto quanto essi avevano mal tradotto; vi si importò quel socialismo, che non è una filosofia nè una politica, ma un *metodo di amministrazione* già sorpassato da Bovio. Si risuscitarono i De Maistre, i Gioberti, i Rosmini; e l'Italia, che si era appena allogata in Roma, si ha sul collo ancora il Papa.

Oggi, in gesuitico connubio Carlo Marx, sotto forma ed abito di Enrico Ferri - il quale si vanta di non conoscere Mazzini - dà la mano a Joseph de Maistre, in tonaca di un Don Bosco salesiano. Ambo si sono posti a lato del trono, Ministri d'ogni relazione.

E se è vero, come lasciò scritto Carlo Dossi, che la monarchia costituzionale può essere paragonata ad una meretrice, proprietà, per così dire, di chi la paga, cioè del ministro al potere; Carlo Marx e Don Bosco insieme se ne scapricceranno quando che sia il gusto, per la grazia di dio, per la volontà della nostra vigliaccheria, per irresponsabilità dell'ultimo Principe sopragiunto al festino, nell'ora topica delli appetiti di pancia e di ambizione che stanno per soddisfarsi, delle digestioni rumorose flautolente e difficili che chimificano, con lentezza, nelli stomachi giolittiani.

Così Giovanni Bovio, ignoto alli universitari, passa nella breve istruzione del proletariato, così detto cosciente, come un borghese: e l'Italia stranisce tutt'ora alla sua filosofia, come sorride al suo teatro d'arte e d'idee - veramente platonico: - mentre i giovinottini delle piccolissime pretese pragmatiste applaudono al *Théâtre des Idées* dello Schuré e lo giulebbano, tra un fù *Leonardo* di carta papiniana ed una neo-senatoriale *Critica* similmente cartacea ed hegeliana. Ma Giovanni Bovio attende dal prossimo futuro quanto vi ha indovinato e gli ha promesso che sarebbe, a noi ed a lui stesso, vittoriosamente riservato.

Varazze, il 10 Marzo 1910.

VI. — GIULIO LAZZARINI, GRANDISSIMO FILOSOFO IGNORATO.

Mi piace insistere, un'altra volta, su l'opera e sulle virtù di Giulio Lazzarini, nella speranza che alcuno se ne innamori. Non pretendo a Mecenate ricchissimo, od a Comitati che brighino per amor della loro ambizione ad erigergli monumento, ma ad un modesto editore garbato, il quale ripeta l'edizione dei tre fascicoli di *Etica razionale*, rarissimi e fuori commercio, preponendovi quelle notizie più interessanti sul carattere e la vita veramente socratici del filosofo nostro.

Qualcuno, da quelle pagine, che rappresentano le ricerche tra le Realtà che furono, che sono e li inizii di quelle che saranno, ritemprerà il Senso Etico in quei sublimi e casti ideali. Qui ritroverà, se lo avrà conosciuto, o scoprirà, se non prima lo conobbe, colui, che, fuori delle pareti domestiche e scolastiche, visse ignoto. Egli, già vegliardo, si era eretto Atleta: sfidò Teorie — conclamate scientifiche — rimise in discussione Massime che hanno parvenze di Autorità insindacabili; si offerse spacciatore di più Santi Ideali; esacerbò ed aizzò la rabida gelosia *d'interessi costituiti*, e, sulla sua cara neo-scuola, attrasse i dileggi mefistofelici dello scetticismo, che da sei lustri e più avvelena, o debilita, la coscienza de' nostri Educandi.

Non troverò io un altro Vincenzo Rovelli, già discepolo suo che si assunse di quella prima edizione le spese che importarono la stampa e le spedizioni? Ritroverò io, intorno a me, lo stuolo di compagni e quella Elisa, e quella Camilla, che gli furono, volta a volta, or l'una, or l'altra, Diotime socratiche, castamente suaditrici; colla bellezza, colla bontà? Quella Camilla che gli inviò dal biondo Mella:

«EXCITATIONEM SUAM PRAESTOLOR:

Tu qual luce apparisti: e, il core anelo,

Avido bebbe alla tua pura fonte.

Per te spezzato fu l'oscuro velo,

Per te rialzo l'avvilita fronte.

Oh! parla ancora: feminetta ignara

I' seguirò, Maestro, la tua via:

— Alfine il Vero troverò che india?»

Ahimè! oggi, Maestro, se lo Scetticismo sembra non più avveleni le giovinette coscienze, il Misticismo le ha contagiate. La tua Etica, che previene i tentativi della Rivoluzione e li sperde, ha il compito nuovo e più determinato di suscitarla; perchè li Uomini, che ha di sè nutrito, saranno così puri, che non avranno paura di essere assolutamente severi e con sè stessi e colli altri cui dovranno giudicare. E vieni qui, tu, all'arringo colle capitali tue definizioni, che non hanno bisogno di diventare i *Detti Memorabili* raccolti da Senofonte, perchè tu stesso, dalle tue vive pagine che non hanno mutato, parli con voce non roca, sempre attuale.

Un ignoto: nella corsa affrettata e dimentica della modernità molti tipi rappresentativi vengono intravisti a fuggire indietro, come li abeti maestosi di paesaggi alpini che si aboliscono oltre i cristalli del treno in sulla via del Gottardo. Giulio Lazzarini? Chi? Le due generazioni che si succedettero nell'Ateneo pavese ad erudirsi e ad insegnare, lo accorsero in aspetto di filosofo ben composto di membra, di dolcissima facondia, di schiva ritrosia, di cortese famigliarità e se ne scordarono. Egli rimase, avendo preceduto di gran lunga i propri contemporanei, mente poderosa d'originalità, anche per quelli che gli nacquero dopo ed intendeva istruire. Molti furono i quali passandogli vicino sorrisero; altri che gli voltarono le spalle sdegnosamente.

Io lo conobbi verso il 1890 e mi è caro nel presentarlo in queste brevi pagine sue tolte dalla sua unica opera edita, e forse ora introvabile, *L'Etica Razionale*, raccolta in tre volumetti, apparsa in Pavia pei tipi dei Fratelli Fusi, dal 1890 al 1892. Tutta la sua dottrina e la sua bontà è qui dentro ben conservata per coloro che vi vorranno attingere: ed egli le regalava; perchè sul primo de' volumetti, avendone il tipografo segnato il prezzo, il filosofo si affrettò a cancellarlo a penna con questa glossa: *«Uno dei molti errori di stampa»*.

La sua filosofia di sintesi scientifica e d'amore, come quella del Guyau, disse: «Tutto comprendere per tutto amare». Quindi costrusse, italianamente, derivato da Gian Battista Vico e da Romagnosi, un nostro pretto monismo etico, questo che oggi, corroborato di evidenze scientifiche ci torna dalla Francia, patrocinato dalla biologia del Quinton e dal fenomenalismo di Le Dantec. Precorse e determinò vent'anni prima l'attuale concetto che *evoluzione* è pure *continuità*, come Gustavo Le Bon lo dimostra, il quale vuole che lo svolgersi di una materia indistruttibile si eterni in sequenze di materia e di energia, rappresentando li stati instabili ed i modi passeggeri, i fenomeni, di tutto il mondo, nel divenire. Così il Lazzarini aveva preposto a fine dell'Etica il *Diritto umano*, spoglio d'ogni e qualunque attributo di imposizione e necessità soprannaturale, perchè l'Umanità doveva culminare in sè stessa: «Dio!»

Giulio Lazzarini continuava, nella vita comune d'ogni giorno, la bellezza del suo ministero. Veniva a cercare giovani compagni alla sua discussione ed avversari diserti; desiderava alacre e presto comprendere. Dedicava, fuori delle ore ufficiali del suo insegnamento, la sua etica razionale alle nostre giovani menti fervide e ve l'affidava in deposito «senza guarentigie di sorta», dopo di aver per quindici anni d'insegnamento privato sotto Governo straniero, e trenta d'insegnamento pubblico ad Italia rivendicatasi, dettato dalle catedre pavesi con somma e personale eloquenza liberissime istituzioni di morale. Amava discutere socraticamente. Scendeva nell'ampio cortile del palazzotto secentesco, ch'egli abitava con me, ad appoggiare la persona ancora ritta, vestita di un pastrano militare e bigio ad alamari neri sul petto, per esporre la sua canizie d'argento al sole, date le spalle alla balaustra barocca di pietra intagliata a volute ed a mascheroni, siepe architettonica alle ajuole di un giardino mirabilmente fiorito. Spesso convitava bambini a coglier uva dalla pergola opima ed a sollazzarsi con lui alle boccie; e nel giuoco trovava pretesto di spiegare il suo Dio, Forza per eccellenza, ed a ragionarli sull'abuso delle forze nostre, che è mal fare, male impiegando l'Energia Divina del Mondo.

Insisteva un incanto di perpetua adoloscenza nella voce, si svolgeva una prestanza alacre ed elegante nel suo porgere; scintille di fresca virilità e di caldo entusiasmo ne' suoi occhi: indice di una saggezza antica, profetizzava futuri di meravigliosa idealità a complemento del suo prevedere; e con questo ci astraeva dal tempo e dallo spazio, pure intelligenze a viaggiare, spinte dalla curiosità e dall'amore per le regioni delle domande perpetue e del continuo tentare. Da lui, la sua benefica esperienza discendeva in noi; e noi l'affidavamo, nel corso avventuroso della nostra turbolenza, alla riprova dell'ora passante, la quale non l'ha sconfessata mai: da che il miglior modo di essere, in quanto ci è concesso tra li universi, felicemente, è permanere onesti, presentare, nella offesa e nella difesa, palvese bianco e senza macchia, spada lucida e senza ruggine, sincero odio ed amore, manifestazioni non artificiate del proprio carattere.

Ed ecco che egli ci parla ancora e ci premunisce col suo viatico.

Dio

«Senza Dio, non c'è morale». Nè gli ascetici, nè io non ci stancheremo dal ripeterlo. Essi credenti nella risurrezione evocano il Dio loro, non vissuto se non quando era fatale che una mistica Autorità padroneggiasse le Coscienze, e le tenesse devote a se con premi, castighi. Io, fidente nella Ragione, proclamo il Dio indispensabile a ciò che, dagli Attributi suoi, libere Coscienze deducano i propri Doveri, — il Dio morto, studiato per lunga serie di secoli, niuno lo intese — il Dio vivo immortale ho potuto insegnarlo, giorni fa, a un ragazzo analfabeta, privo di beni ereditarii, e di noti parenti. Perchè giudichiate il metodo, ve lo descrivo:

Eravamo nel cortile della casa da me abitata. E gli domandai

— Ti piace l'uva?

— Sì.

— Te ne do un bel grappolo — e, forse, altra cosa aggiungerò se impari a conoscere Dio.

— Come si fa?

Cominciammo, giocando una partita a bocce. Finimmo. Lui vincitore: ed io gli chiesi:

— Perchè le nostre boccie non girano più?

— Oh, bella! Non girano, perchè non le gettiamo.

— Era dunque il braccio nostro che le facea girare. Sappi che il girare e il non-girare sono *fatti*. E tu ed io pure siamo fatti: e così le braccia nostre; e così tutto quello che senti e che vedi. Se il tuo braccio e il mio faceano girare le boccie, ne aveano dunque il potere: e lo avrebbero tuttora, se tuttora giocassimo: ed è un *fatto* anch'*esso potere: potere o forza*, che è tutt'uno: tientelo a mente. Forza è un *fatto*, che ne produce altre o altri.

A questo punto ho trovato necessario di sospendere il dialogo. Mangiato che ebbe il suo grappolo d'uva, dietro istanza mia, ripetè la neo lezione, così potetti compirla senza faticarlo, soggiungendo: — Non il solo braccio nostro; ma ogni fatto ne produce altri: il bianco, il rosso, per es., tutti i colori, i sapori, gli odori, vengono prodotti o dal campo o dal giardino o da animali: i figli dai genitori, le brutte azioni dai tristi, le belle dai galantuomini. Si vive perchè si ha la forza di vivere. E queste forze vengono da altre; ma nessuno le fa. Nessuno le fa, perchè hanno sempre esistito. E tra loro si possono cambiare: un colore, un odore, un sapore in altro: il cavaliere diventa farfalla e poi seme: l'erba si muta in fiore, in frutto. I *fatti* non sono dunque *forze*, proprio. Sono altrettanti nomi della stessa *Forza* — che, non avendo avuto principio, e producendo ogni altro fatto che fu, che è, e che sarà, dicesi forza per eccellenza, o Dio. Chi opera male, abusa della Forza Divina.

La Conferenza animò, sul termine, quel mio discepolo di ventura, che acceso mi guardò, nel partire; e, intascata altra cosetta offertagli, mi diresse certe sue parole, con che voleva esprimere: «Tornerò da Lei, se permette. Ho cari i suoi modi e i suoi regali: ma creda, che, non per essi, bramo tornare».

E tornerà, spero: e in tre colloqui imparerà a conoscere i divini attributi: e ne farò un maestro d'etica razionale. — Povera umanità, se da cattivi maestri non si facessero, talora, buoni discepoli!

Libero arbitrio?

Come regna assoluto lo Zero ne' vuoti campi del Non-essere, così regna assoluto, nei campi dell'Essere, il Principio di relatività, la Negazione, cioè, dell'assoluto: — persino tra le vivande e le bevande. Piglia nome di igienico o di antigienico un potabile, o un commestibile, non perchè salubre, o insalubre, senza distinzione di casi, ma perchè giovevole, o nocevole d'*ordinario* — mentre, ne' casi, o di estrema giovinezza, o di estrema vecchiezza, o di malattia, giovano trattamenti che usiamo dire antigienici, e tornano esiziali certi altri, benchè annoverati fra gli igienici.

Parimenti, ogni farmaco, nelle condizioni fisiologiche, e in date condizioni patologiche, disturba, o uccide; ogni antidoto, in data anormalità, è veleno, ogni veleno è antidoto.

La Vita materiale non si distingue dalla morale e intellettuale, se non quanto importano le quattro Leggi psichiche dell'Organo e della Funzione, della Incoscienza e della Coscienza.

Dimostrando il bene che produsse — in ragione delle oscurità ormai diradantesi — la Teorica libero arbitraria, le si rende giustizia, non solo, ma si ribattono i chiovi del suo feretro, la si dichiara estinta a nome e gloria della Civiltà.

Se potessimo coordinare gli Esseri d'ogni tempo e d'ogni spazio, riguardo a Vitalità, sopra accomodato piano, l'Orbe Universo ci apparirebbe diviso in una immensa quantità di scale, ad asse rettilineo, di forma conico spirale: — verticale una, la centrica, più lunga riservata alla *Razza* principe, che nelle Regioni superiori, diventa più e più ragionevole. Diverse, le altre, in altezza di sè e dei rispettivi gradini, e convergenti alla centrale, sì da formare, tutte insieme, il cono dei coni. — Ogni Essere occuperebbe, ei solo, un gradino della sua scala: ed esprimerebbe il proprio valore, *unico nella gerarchia delle preferite, odierne, e future Esistenze fenomeniche.*

La Morale — scienza nostra — educa gli studiosi a conoscere le proprie forze, il proprio mandato. Alla vigilia d'ogni determinazione, li consiglia, mostra loro il partito che li avanzerebbe di grado e il partito retrivo. Li innamora della — eccelsa — umana dignità, e del supremo de' suoi ministeri, il Dovere. E se, non di meno, qualche volta, oscillano, o si sviano, li attrista, nell'ora della riflessione; come li gioconda, se dal bene procedono, spediti e sicuri, al meglio; così profittano d'ogni lor passo, d'*ogni* sosta: e integrano la propria vita, o reintegrano.

Quale abisso tra le intime approvazioni e disapprovazioni della Coscienza etico-razionale, e i bugiardi encomi, e i bugiardi rimorsi de' Libero arbitrai!

Il senso etico-religioso, non di meno, fu — per le Genti che nomansi Civili, — ed *è* tuttora — per le Genti Barbare o quasi, — la nota men rauca e disumana, fra le incomposte voci dei prepotenti e delle inconditte moltitudini *fu ed è*, nelle sue stesse cruenti aberrazioni, il *preludio necessario del senso etico, reale, civile, razionale.*

Ove la ragione tace o parvoleggia, della Morale, non è possibile ideare che frammenti e frastagli embrionali — come nel Buddismo, nel Mazdeismo, o ultimi — e, quindi relativamente egregi, — nel Cristianesimo. E questi esempi erano sì eccezionali, e superiori alla massa delle coscienze, che, per intendere la nuda lettera del Vangelo, occorsero quindici secoli, e per dedurne parca misura di *senso verace* bastarono appena altri quattro.

Bisognava dunque sostituire, alla verità, l'autorità, alla *persuasione*, la violenza brutale; e — invece di emendarlo o rifonderlo, deturparlo, disonestarlo con le trombe — ora quattro ed ora sette — evocatrici dei morti, giudicabili in Valle di Josafat: e spalancare porte celesti e inferne, coll'appendice di quanti Purgatori valse a creare l'astuta o la pietosa mendacia d'Ispirati o Ispirate.

Sorto il Pensiero laico, e mitigate le persecuzioni, fomite — quattro o cinque volte secolare — a continue sovraeccitazioni di zelo pontificio e scismatico, ortodosso e eterodosso, dovettero accorgersi e Vescovi e Papi, che il dogma avea bisogno di puntelli e di restauri, per acconciarlo in qualche modo alle esigenze di quei preliminari del senso comune.

Se nuova sbocciasse all'improvviso oggidì la Teorica libero arbitraria, compirebbe da sè la rovina della ortodossia, ridotta già agli estremi dalle *proclamazioni di un Feto miracoloso, di un Uomo che non erra e di un Sillabo inqualificabile.*

Ma ne' secoli decimosesto e decimo settimo, in onta allo scisma inglese, e alla guerra per le indulgenze, il Pensiero cattolico non avea sensibili screzî interiori. Le tradizioni di Santa Madre Chiesa — ne' mille e cinquecento anni di prove — non s'erano avariate in grado considerevole, e in guisa definitiva, che su le Terre da Proconsoli ecclesiastici più strapazzate e angariate. E lo Spirito Santo potea sfidare i pericoli *di viaggio*, da Roma, a Trento, a Firenze, a Costanza, a Bologna — come avvertirono i Sinodali, in *Cassetta*.

Prete Copernico erasi mantenuto buon cattolico. Le turbe aveano danzato gridando «Evviva il Papa Re», intorno al rogo di Bruno. E Galileo, tremendo nell'Intelletto, era pavido nella Coscienza, e più devoto che i Libri dei SS. Padri e la Santa Inquisizione.

Ignoravasi la Genesi degli affetti e delle idee. Nessuna traccia, nè sentore, nè ombra di Virtù sensitiva e cernitiva, di analisi, d'induzione e di processi conoscitivi e deliberativi. L'Uomo in balìa delle tentazioni diaboliche, della predestinazione, e del peccato originale, è, come indurlo a credere che egli è degno e capace di obbligazioni, e che, povero lui, se non le adempie! Ci volea ribadita la fede in una pseudo onnipotenza, vulgo *spirituale*, che misteriosa il padroneggiasse, e il costituisse *arbitro* di scegliere, in ogni caso, tra il *bene* e il *male*. Non ribadirgli nel cerebro i paradossi *libero arbitrai*, sarebbe stato come dirgli: «Guardati, se puoi, dalla forca; e va senza ritegno, ove ti portano la tua cecità, la tua protervia, le tue passioni».

L'opera del Tridentino — per verità — non fu gigantesca: più d'uno la crede, anzi mostruosa e pigmea.

Su questo, io non ho competenza. Ma là convennero imperiali e regi Ambasciatori, Legati Pontifici, Magistrati, Cardinali, e i Vescovi d'ogni Paese. Là ogni Pastore comunicò agli altri lo stato pecorile della sua Diocesi; e indi, la *Chiesa dispersa* — ultimo dei tre Poteri infallibili, nel rito cattolico, — tenne e tiene frenati in qualche modo i credenti: e di speranze e di promesse li ipersatura — e di cretinismo.

L'ora della crisi è giunta; perocchè, della triste parabola, omai si tocca il vertice. O morire o guarire. Indefessi lavorano — per la Morte, lo scetticismo e la delinquenza; — per la Guarigione, il senso critico e l'etica razionale. Non tremate o giovani; spoglio delle mistiche forme che lo bruttarono, Dio vi guarda e vi sorride: — Forza *vitale*.

Prossimo

«Prossimo» nei dizionari cristiani è voce di senso gretto, e, alla psiche de' nostri dì, angustissimo, per il famoso: *qui non est mecum, est contra me.*

Non è prossimo, nel senso religioso, ogni persona.

Anzi che imporci di *amare Dio sopra ogni cosa*, il Vangelo, potendo, avrebbe dovuto *mostrarci amabile Dio sopra ogni cosa*. Ma ei non potea. Se è vero che, anche nell'Evo antico, la massa dei beni, — relativamente considerata — eccedeva quella dei mali, è altresì vero che la Terra nomavasi allora, e con ragione, e per moltitudini immense — non diradate vistosamente — anche oggidì nomasi *Valle di lacrime*. Quando s'impone o si consiglia amore non persuadonsi che i persuasi. E ad ogni modo, per solo amore a Dio, le arti e le scienze non fioriscono, e la fame e la peste non si disacerbano.

Pel Codice della morale evangelica, non hanno doveri assegnati i coniugi, gli ascendenti, i discendenti, i collaterali, i maestri, gli scolari, gli amici, gli amanti, gli uffiziali pubblici. Un dovere unico e determinato ai cittadini: «obbedienza cieca a quella qualunque sovranità che Dio scaglia su loro: se buona a premio, se male a castigo».

Che direste voi di un uomo-Dio, che versa in età quasi pubere, e che abbandona i parenti: che si lascia credere smarrito; e che, rivedendoli poi s'indispettisce alla narrazione dei loro spasimi, e li rimprovera di averlo cercato? È Gesù. — Che direste voi di un istitutore, che ributta i fratelli ansiosi — dopo lunga assenza — di abbracciarlo? È Gesù. — Che direste voi di un largo dispensatore di grazie che insulta la madre, interceditrice a favore di ospiti cortesi? È pur Gesù: martire della benignità. Egli, egli che, per quindici secoli, non ebbe, al mondo, nè superiori, nè uguali.

Per leggi ed esempi di simil fatta, aggiuntavi la barbarie degli invasori dell'Impero latino, si indovinerebbero — da chi non lesse il *Principe* di Machiavelli, nè guarda a storici Monumenti, — le *Sociali Virtù*, che distinsero l'*Evo di mezzo o cristiano*. — Erigere templi, chiese, chiesette, e qualche ospitale; insemprare, umiliare e depravare — con elemosine — la povertà; frequentare i sacramenti, i tradimenti, e i parricidi; nemica ogni contrada — quasi — delle propinque terre, ogni fraglia, ogni famiglia — quasi — de' circostanti consorzi: orgogliosi e fastosi gli abbienti, gl'inabbienti ripartiti in vittime e sicarii.

Nè soggiacevano a condizione men triste i Doveri etici dell'Io verso l'Io. Digiunare, flagellarsi, orare dì e notte: non lavorare che a titolo di pena: tenersi in guardia contro l'amore e la scienza, rea del peccato originale, come avverte S. Paolo: vivere non quali persone, ma quali strumenti in balìa di mistico fabro, che, per mistica sua grazia, li compone, li orna e disorna, li bistratta e li consuma.

Se «dignità e libertà» hanno senso, oggimai, contrariato, sì e confuso, ma indubitabile, nel mondo civile; non è gloria dovuta al Cristianesimo — nè alla meteora del positivismo che lo travaglia da otto lustri e più, ma è trionfo che la Natura umana va riportando su l'uno e su l'altra: è divino preludio — sintomo — dell'Etica razionale.

VII. — HEGEL GIUDICATO DA LUIGI ANELLI.

Le molte volte che ho citato, nelle pagine precedenti, il nome e le qualità di Hegel mi obbligano una definizione su di lui. L'affare non è di poca importanza, e, scusatemi s'io me ne schivo, delegando a parlarvi, in mia vece, alcuno che se ne intenda più di me e che, più vicino a lui ed ai tempi in cui era maggiore la sua influenza in Italia, avrà potuto comprenderlo di più e meglio reagire, cioè meglio giudicare.

Accordo adunque, la parola a Luigi Anelli, grande filosofo della storia, — un altro dimenticato — di me maggiore e più eloquente: però non voglio tralasciare di farvi sapere in che io approvi Hegel e mi valga de' suoi postulati, che, difatti, operano tuttora nel corpo della filosofia con dirette applicazioni. Accetto le determinazioni hegelane in questi punti:

1. quand'egli rinnova e ringiovanisce la proposizione: «L'Uomo è la misura del Mondo;» voi sapete quale ricchezza di corollari se ne deducano, e quanti nuovi elementi non si rifiutarono alla Scienza ed all'Arte da questo principio che stabilisce e prova, colla maggior sicurezza possibile, l'*Ente in sè*: l'Io.

2. quand'egli pone Dio — sintesi filosofica — non al principio della serie, ma alla fine, indice di una crisi illustre biologica e psichica: donde voi osservate che Dio si confonde nella Perfezione, ultima meta per cui vive l'Umanità.

Con ciò autorizzava ad ammettere che l'Idea crea Dio; e però che l'Idea per sè — a meno che non la si voglia rappresentare come il *Logos* platonico od il *Verbo* johannita, come l'*Ente per Eccellenza* — non può essere se non dall'individuo, che pensa e perciò è — «*Cogito ergo sum*»; — donde, tuttora: «*Uomo fabrica Dio*». Comunque, esplicito Hegel non si fa sul punto, ed il suo acceso *misticismo* può essere sottinteso *religione*: non solo, ma apparve tale ai suoi settari, che in Italia, attualmente, si son schierati dalla parte della tradizione, della rivelazione, della fede, dopo di aver ammesso, vedete un po': «il socialismo, l'intuizione, la rivendicazione dai pregiudizii anche scientifici»; e di aver tollerati, coi loro ragionamenti, il vagabondare senza scopi delle ciarle e le più matte funambolerie che passano sotto il nome collettivo di *Futurismo*. Tante è vero, che, se il Diavolo invecchia si fa eremita, anche, il Croce, se incanutisce, diventa senatore in grazia delli spiriti hegeliani. In tutto il resto io mi appoggio e quanto vi ripeterà Luigi Anelli. Luigi Anelli fu un sacerdote; uno di que' sacerdoti che sembrano non esistano che sulle pagine di Victor Hugo: in lui, — come nel nostro Giulio Lazzarini — non si scompagna l'idea di Dio con quella di Morale; ma il Dio dell'Anelli è tuttora biblico, personale, sacerdotale. Perciò egli, per questo suo carattere organico ed assunto, si troverà di fronte, subito, con un mal'inteso ad Hegel; ma in quanto a ragionarlo nella esposizione della sua dottrina noi non abbiamo miglior critico.

Luigi Anellli fu il maggior storico d'Italia del Secolo XIX, e ben pochi lo citano, ed il suo nome è pressochè ignoto alli storici ufficiali. Se questi, dico il Luzio, — si accostassero all'opera sua, vi troverebbero documenti ed attestazioni di chi visse la storia, oltrechè la scrisse, con cui si vergognerebbero delle leggende fabricate per ordine superiore, in modo da rendere tollerata Casa Savoia colla Nazione Italiana in una Monarchia Costituzionale, questa, che ci delizia.

Luigi Anelli fu dunque un patriota ed un prete anticlericale sul serio; incise per lui sulle Colonne del Dosso, Carlo Dossi, la epigrafe che gli conviene insieme a Cesare Vignati, un altro prete del '48, ambo della stessa Lodi, che, sembra non se ne ricordi. Certi ricordi, alla nostra ignoranza ed alla nostra vigliaccheria, sono le moleste preoccupazioni di cui bisogna liberarci al più presto. Le belle gesta di Luigi Anelli, durante il milanese risorgimento del '48 e contro la tiepida e fannullona imperizia del Governo provvisorio, che tutto aspettò da Carlo Alberto, sì ch'egli in premio restituì ai servi lombardi Radetsky, l'obbligarono a fuoruscire, ritornati li Austriaci. Una *grida* di costoro ancora nel 1852, avvisava il pubblico che ritenevasi emigrato per ragioni politiche e si dava per pericolosissimo il Nobile Abate Luigi Anelli da Lodi, sicchè le autorità prendessero verso di lui quelle provvidenze che il caso specifico importava. Per esempio, un pragmatista evoluto non lo approva e neppure un neo-idealista autentico; povero Anelli! Alli occhi, dico del Croce, compare con D'Annunzio delle nuove virtù italiane, egli apparirà una ben poca cosa:

1. perchè è un Lombardo,

2. perchè, pur essendo uno Storico, è anche un filosofo della Storia, scienza, come sapete, abolita dallo scibile del Croce testè,

3. perchè, patriota sul serio e pur avendo la possibilità di farsi considerare con un mezzo silenzio anche dalla amministrazione austriaca, non chinò mai alle sue pretese la tonsura, come alli assurdi del *Sillabo*, la ragione. Così si giuocò il Vescovado e si lucrò la povertà:

4. perchè, mentre l'aulico servidorame della catedra sghignazzava e scherniva i portenti meravigliosi delle scoperte Goriniane, egli, in veste talare, si ostinò a proclamare il mago di Lodi, il più grande scienziato del tempo, colui che aveva potuto emulare il Creatore, e di cui le leggi e le teoriche, i tardi venuti a conoscenza, oggi, si riscoprono ed applicano, naturalmente gretti ed avidi, senza citarne il nome.

Per tutto questo, Luigi Anelli si guadagnò il silenzio, l'oblio ed, in alto loco, presso qualche academico più erudito o di manica larga, il titolo di *originale*; da Carlo Dossi l'epigrafe:

«Cesare Vignati e Luigi Anelli,

ambedue sacerdoti non solo di Dio

ma della Patria, ambedue storici esimii;

Anelli, nella cronologia delle Idee,

Vignati, in quella dei fatti:

ma l'uno e l'altro egualmente devoti alla verità

e incomparabili per la dignità della vita:»

da me d'essere preso a mio proprio mallevadore, estraendo, dalla sua *Storia d'Italia*, e precisamente dal VI volume: *L'Andamento Intellettuale d'Italia dall'anno 1814 al 1867, in Appendice della Storia d'Italia*, e dalle pagine 196-197-198, quanto andrete a leggere. Quest'opera, *La Storia d'Italia*, consta infatti di sei volumi editi dal Dottor Francesco Vallardi in Milano dal 1864 al 1868, ed è dedicata a Giuseppe Ferrari; il quale pur essendosi imbevuto delle dottrine di Augusto Comte e di Hegel era però nella massima stima dello storico; così:

A

GIUSEPPE FERRARI

Come vedete, la spregiudicata sincerità di Luigi Anelli nemmen qui viene ad essere velata dal suo esser prete, se non teme di dichiarare, chi disse: «Dio non è: egli è un sogno della mente umana, che lo ha fantasticato, pascendosi di chimere, qual essa suol fare:» Onore del secolo!

Hegel

Quando Proclo ed i mistici affermavano che l'anima, fatta in estasi dal dare tutto il proprio pensiero sopra la natura divina, ne afferra l'unità e seco s'identifica, eglino segnavano le prime orme nel sentiero che, dopo Schelling, Hegel percorse con gagliarda e arditissima imaginativa. Dell'universo egli fece una immensa distesa, dove non trovi che una serie di rapporti e di fatti, ingenerantisi gli uni dagli altri, e che la scienza nomina leggi, dove la necessità è legge suprema si del mondo fisico come dell'anima umana; epperò tutto è fatale, tutto predestinato nelle successive e perpetue trasformazioni degli esseri. Una legge stessa, una stessa forza indeficiente governa la vita vegetabile dell'erbe e la intellettuale dell'uomo, i cui movimenti tanto varii e meravigliosi sono del pari il bilanciato risultamento dei moti ben distribuiti della forza ignota che li necessita. Nè si rattenne a questo punto, ma trascorse ad affermare che il soggetto ha identità coll'oggetto, che le contrarietà medesime s'identificano; epperciò avervi in tutte cose una certa natura comune, anzi, la medesimità della cosa nell'essere e nel niente; che sebbene la ragione non possa negar Dio senza rinnegar sè stessa, tuttavia la sola natura, la sola umanità sono la reale sussistenza di Lui, ch'essendo un Essere assolutamente indeterminato, ossia un'idea, che per sè non è nè sostanza, nè essere, nè forza, tuttavia per una secreta dialettica immanente diviene realtà nella natura, ed ha coscienza di sè medesima nella umanità. Lo splendore delle immagini, l'efficacia della parola, la stravaganza di quelle insigni allucinazioni abbagliarono la numerosa marmaglia di coloro, che, malamente srugginiti d'ingegno da qualche spruzzolo di letteratura, bevono grosso a qualunque dottrina torbida o limacciosa, che sia abbellita da un linguaggio copioso, vago e poetico. Potè in altri l'erroneo proposito di ridurre tutto ad unità numerica, e di fare d'ogni cosa un solo principio, e anche in costoro rimase impedito perfino quel raziocinio che è comune ad ogni uomo volgare. Per questa maniera Hegel, che aveva scarso il senso della verità, che non subordinava la scienza alla ragione e alla pratica osservazione, ma faceva investigatrice del vero la sua potente imaginativa, fu magnificato e riverito come l'altissimo maestro di coloro che sanno. Parve a' suoi ammiratori, che, sollevato dalla sopreminenza dell'ingegno ad altezza straordinaria, e aiutato da una scienza che si stendeva poco meno che a tutto lo scibile, avesse percorso felicemente ne' campi della filosofia i sentieri indarno tentati dallo stesso Platone. Il genio in effetto può talora rivelarci quasi nuovi mondi e recare in nulla antichi sistemi trovando quello che per molte età la ragione invano s'affaticò di scoprire. Ma quando le ipotesi del genio, o offendono il sentimento comune, o ripugnano ne' termini, o non hanno possibilità nell'ordine immutabile e universale che a noi apparisce, mi è forza di sbandirle. Il diritto discorso del savio, francheggiato dal lume della ragione, non aderirà mai ad un essere necessario, che identico al nulla prende realtà nel movimento della vita universale, nella serie indefinita delle cose e nel perpetuo rinascere e trasformarsi delle medesime. E tuttavia queste teoriche hanno trovato anche in Italia chiari seguaci, nel cui novero riportarono bella fama lo Spaventa e massime il Vera. Vago questi di salire all'eccellenza della filosofia, spese l'opera di un bell'ingegno a disvestire le dottrine del maestro de' loro paradossi affinchè, durando nella sostanza, riuscissero più comprensibili a' nostri ordinarii intelletti. E il prestante italiano lo fece per verità con sì lucida esposizione che ne porge quasi tritate le forti sentenze di Hegel; ma per me è assurdo, è irragionevole che l'idea di una cosa sia identica alla cosa stessa; che il nostro spirito sia la prima cagione creatrice della natura di Dio, che il non essere sia l'essere. Il nulla sarà nulla eternamente perchè non ha verun essere; e se l'idea cosmica è il tutto, diventa assurda l'ipotesi che l'universo e Dio abbiano avuto principio da essa, e dal successivo svolgimento della medesima acquistino a poco a poco la perfezione della propria formazione. Oltrecchè se l'ipotesi dell'idea creatrice dell'universo fosse vera non avrei bisogno dell'esperienza per conoscere le leggi che governano il mondo; la mia escogitativa, per quanto ne sia piccola la sfera, ne capirebbe il concetto e le intenderebbe per innata potenza come fa quando, senza ricevere niun sussidio dalle impressioni de' sensi, sale a determinare nella geometria la proprietà de' numeri e delle quantità incomensurabili e irrazionali.

Se Hegel salvava almeno l'idea di Dio, questa dottrina teneva ancora un'ombra di qualche cosa di supremamente ideale, che i nostri tempi, nell'orgoglio di una scienza tutta sperimentale, non comportano.